Das vollkommene Band der Liebe

Andreas Kleinschmidt

Das vollkommene Band der Liebe

Roman

Twentysix
Eine Marke der Books on Demand GmbH
©2023 Andreas Kleinschmidt
Herstellung: BoD – Books on Demand, Norderstedt
ISBN: 9783740727307

Über alles aber zieht an die Liebe,
die da ist das Band der Vollkommenheit.
Kol. 3,14

Lege mich wie ein Siegel auf dein Herz,
wie ein Siegel auf deinen Arm. Denn Liebe
ist stark wie der Tod und Leidenschaft
unwiderstehlich wie das Totenreich.
Ihre Glut ist feurig und eine Flamme
des Herrn. Hohelied Salomos 8,6

Wenn jemand dem Herrn ein Speisopfer darbringen will, so soll es von feinstem Mehl sein ... und der Priester soll es als Gedenkopfer in Rauch aufgehen lassen auf dem Altar als ein Feueropfer zum lieblichen Geruch für den Herrn. Das übrige aber vom Speisopfer soll Aaron und seinen Söhnen gehören als ein Hochheiliges von den Feueropfern des Herrn. Aus 3. Mose 2, 1-3

1.

Es war in der Anfangszeit meiner Tätigkeit als Psychologe in einer Großstadt, in der ich noch jeden Morgen einige Augenblicke vor dem Betreten der Praxisräume ein wenig ungläubig vor dem Schild am Hauseingang verweilte: „Dr. Simeon Herz, Facharzt für Psychotherapie, Psychosomatik und Psychoanalyse".
Ich war mächtig stolz, nach scheinbar schier endlosen Jahren eines hauptsächlich aus statistischen Untersuchungen und deren Interpretation bestehenden Studiums nun endlich in der Praxis arbeiten zu können; die Mutmaßungen einiger Freunde und Bekannter, ich könne in meinem relativ jugendlichen Alter doch noch mit manchem überfordert sein, das da auf mich einstürmen werde, es fehle mir noch an der nötigen Lebenserfahrung und deshalb auch an der inneren, emotionalen Nähe zu den Menschen, die meine Hilfe suchten, wies ich damit zurück, dass es ja wissenschaftliche Methoden und Erkenntnisse gab, die mir zu Gebote stünden, die beruflichen Erfahrungen recht einzuordnen, eine innere Distanz sei für einen Psychologen im Umgang mit seinen Patienten sogar notwendig.

Zudem war ich gerade auf die vielfältigen und unterschiedlichsten Erscheinungen menschlichen Lebens neugierig, war doch auch die Psychologie für mich nie nur eine Wissenschaft gewesen, mit deren Hilfe ich einen Erwerbsberuf ausüben wollte, sondern Hilfsmittel zum Verständnis menschlichen Verhaltens und dessen tieferen Ursachen, einschließlich der in meiner eigenen Seele.

Wenn – wie ich an der Universität erfuhr – für einige Psychologen die „Psyche" keine Rolle mehr spielte, sondern der Mensch nur mehr aus seinem Verhalten verstanden und mit einer Verhaltensänderung therapiert wurde, so sah ich darin die Gefahr, dass sich durch die Art der Wissenschaft deren Gegenstand auflöste, das normale wie das anormale, das unauffällige wie das neurotische Verhalten wurde nicht weiter hinterfragt, sondern nur mehr „oberflächlich" in seiner Funktion gesehen, und für den Patienten als therapeutisches Ziel die Anpassung an die mehrheitlichen Normen der Gesellschaft und die Erträglichkeit seines individuellen Leidens gesetzt.

Trotz mancher Kritik an dem „Ur"- Psychologen Sigmund Freud, trotz der gewiss sinnvollen und notwendigen Ergänzungen seiner psychoanalytischen Erkenntnisse und Therapien durch verhaltenspsychologische, soziologische und statistische Methoden schien mir dieser Bahnbrecher in das Innerste der Seele mit seinen Erkenntnissen immer noch von unverzichtbarer Wahrheit und Gültigkeit.

Und gerade ihm und seinen ersten „Entdeckungen" im Sinne des Auf-deckens verborgener seelischer Traumata verdankte ich schließlich die Hilfe, die ich und mein damaliger Patient nötig, d.h. „not-wendig" hatten, weil sie seine seelische „Not wenden" halfen; denn nur dadurch, dass wir gemeinsam seine frühesten, seelischen, in Kindheit und früher Jugendzeit entstandenen Traumata aufdeckten, konnten wir versuchen, die lähmende Kraft der Verdrängung in ihm zu überwinden. Allerdings konnte dies nur durch die weit über Freud hinausgehende Erkenntnis einer nicht mehr irdischen, sondern „himmlischen Kraft" geschehen, die Kraft einer frühen und dennoch vollkommenen Liebe.

Was mir gleich bei unserer ersten Begegnung an ihm auffiel, war sein sarkastischer Humor, mit dem er sich selbst ironisierte, es war der Versuch, Abstand von der eigenen Tragik zu finden, verbunden allerdings auch mit einer Zerrissenheit in seinem Charakter: Einerseits bezeichnete er sich selbstverachtend immer wieder als zu weich, er habe sich oft gewünscht, härter zu sei, um besser mit dem Leben fertig zu werden; andererseits habe ihn seine Empfindsamkeit aber auch besonders empfänglich für das Schöne und Reine gemacht, sei also auch ein Reichtum, für den er dankbar sein müsse.

Martin Weiss war etwa doppelt so alt wie ich, und er war mir sogleich sympathisch, als er da vor mir in meinem Praxiszimmer saß, etwas verlegen, äußerst introvertiert, der Besuch bei mir kostete ihn sichtlich große Überwindung, er schien mir zunächst sehr vorsichtig, ja ängstlich zu sein – später sagte er mir einmal, dass er immer schon mit Ängsten zu kämpfen gehabt habe, die sich seiner Phantasie bemächtigt und ihn gefangen gehalten hätten. Aber das Auffälligste an ihm waren seine übergroße Verletzlichkeit und Traurigkeit, die sich in seinen feinen, sensiblen Gesichtszügen ausdrückten. Letztere umgab ihn wie ein schützender Kokon, er hatte sich in sie eingehüllt, sie war ein Teil seiner Person geworden, ohne den er nicht mehr leben konnte.
Es sollte sich im Zuge der Therapie erweisen, dass eine seiner wichtigsten Aufgaben die war,

nicht gegen seine Traurigkeit anzukämpfen, sondern sich ihr zu ergeben, sie willig zu erleiden in dem Wissen, dass sie auf einem Trauma, einer seelischen Verletzung beruhte, die ihn sein Leben lang bisher begleitet hatte und weiter begleiten würde, die zu seinem Wesen gehörte.

„Ich verstehe das nicht", begann er, nachdem ich ihn aufgefordert hatte, mir seine Problematik, die ihn zu mir geführt hatte, zu schildern. „Es sind jetzt Jahrzehnte seit jener Zeit vergangen, die ich noch immer nicht verarbeitet habe, ist so etwas noch normal?"

Er berichtete, dass er Germanistik, Geschichte und Theologie studiert habe und an einem Gymnasium unterrichte; für das Lehramt habe er sich entschieden, weil er gerade das, was er in seiner Kindheit und frühen Jugendzeit erlebt habe, der Grund für seine psychische Erkrankung sei, und es ihn gereizt habe, jungen Menschen in ihrer Entwicklung zu helfen, damit ihnen Ähnliches möglichst erspart bliebe.

Theologie habe er gewählt, um sich mit seiner eigenen familiären christlichen Tradition auseinanderzusetzen, die sehr konservativ gewesen sei, von Geboten und Verboten geprägt, dennoch aber habe er die Suche nach Gott oder nach einem letzten Sinn in allem gerade durch seine frühe leidvolle Liebe nie aufgegeben, und das Bild des Gekreuzigten habe sich tief in seiner Seele festgesetzt. Damals habe er ein Mädchen geliebt, das ihm der Tod genommen habe, und er sei seitdem nie darüber hinweggekommen, er träume oft noch von ihr, und wenn er aufwache sei es, als habe sich das alles erst gestern ereignet.

Ich spürte, dass ich ihm nicht nur bei der emotionalen, sondern auch bei der geistigen Bewältigung seiner Traumata helfen musste, ja, dass seine „Psychoanalyse" am besten damit begann, seine psychische Erkrankung als „normale" Reaktion seiner Seele auf Erlebtes zu verstehen und anzunehmen, und ich gab ihm deshalb einige Zitate aus Sigmund Freuds Traumdeutung zu lesen.

Ich schlug die entsprechenden Seiten auf, reichte ihm das Buch und forderte ihn auf: „Lesen Sie in Ruhe, ich werde uns in dieser Zeit einen Kaffee machen."

Ich ging in die Küche, die sich neben meinem Behandlungszimmer befand, als ich nach einigen Minuten mit den Tassen zurückkam, sah er von dem Buch auf und sagte: „So ist es, genauso."

Ich spürte, er fühlte sich von den Worten Freuds zutiefst verstanden und ich wiederholte sie laut:

„Was wir unseren Charakter nennen, beruht ja auf den Erinnerungsspuren unserer Eindrücke, und zwar sind gerade die Eindrücke,
die am stärksten auf uns gewirkt hatten, die unserer ersten Jugend, solche, die fast nie bewusstwerden.
Es ist sogar eine hervorragende Besonderheit unbewusster Vorgänge,
dass sie unzerstörbar bleiben. Im Unbewussten ist nichts zu Ende zu bringen,
ist nichts vergangen oder vergessen. –
Die Kränkung, die vor dreißig Jahren vorgefallen ist, wirkt, nachdem sie sich den Zugang zu den unbewussten Affektquellen verschafft hat, alle die dreißig Jahre wie eine frische."

Er nickte und wiederholte: „Genauso ist es".
Er berichtete, dass er sich nach dreißig Jahren Ehe von seiner Frau habe scheiden lassen, dass ihn aber weder die Ehe noch die Scheidung in Wahrheit tiefer berührt habe, sein erwachsener Sohn besuche ihn hin und wieder, aber auch zu ihm habe er keine solch tiefe Beziehung wie zu dem Menschen, der ihm in seiner Kindheit und Jugendzeit so nahegekommen sei wie kein anderer.

Dann schwieg er lange, und auch ich unterbrach dieses Schweigen nicht.

Was er mir dann in dieser und in den folgenden Sitzungen erzählte, schien beim ersten Zuhören wie eine tragische Liebesgeschichte; hätte sie nur in einem Buch gestanden und wäre sie nur erdacht gewesen, hätte man sie hören und dann zum „normalen" Leben und Fühlen zurückkehren können, aber der Mensch, in dem sie „anormale" Gefühle ausgelöst hatte, saß ja vor mir und in ihm waren diese Gefühle so lebendig, dass sie ihn noch Jahre später dem Tode so nahe brachten wie dem Leben, seine Seele also in einen Zustand versetzten, für den das Anormale zur Normalität geworden war.

Es ging um die Liebe zweier junger Menschen, in der diese in frühem Jugendalter bereits höchstes Glück und Seligkeit, aber auch tiefste Abgründe von Leid und Traurigkeit erfahren hatten. Durch die Liebe eines frühreifen Mädchens hatte er mit ihr gemeinsam schon in einem Alter eine Reife und Tiefe des Gefühls ausgebildet, die die Entwicklung seines ohnehin sensiblen Wesens eigentlich vollkommen überforderte, oder anders gesagt: Sein Wesen bildete sich daran auf eine Weise, die ihn einerseits dem, was man gemeinhin Realität nennt, entfremdete, ja ihn von jedem normalen gesellschaftlichen Leben ausschloss, ihn für den Lebensalltag unfähig machte. Anderseits wurde ihm diese Liebe zu einem paranoiden „Ersatz" für das reale Leben, indem sie ihn in seinem Gefühlsleben eine übergroße Traurigkeit und den Verlust seiner Umwelt und dem, was sie ihm zu bieten hatte, einbrachte, aber ihn auch mit einem übergroßen Reichtum erfüllte, den er um jeden Preis festhalten wollte. An dem Unverständnis der Erwachsenen, die an ihnen schuldig wurden, und an der zerstörerischen Gewalt von Krankheit und Tod zerbrachen beide, aber ihre frühreife, tiefe Liebe blieb bei ihm eine ständige lebendige, machtvolle Erinnerung, ein leidenschaftlicher Protest der Hoffnung gegen alles erstorbene Leben. Diese Liebe offenbarte die psychologische Wahrheit mit äußerster Intensität, dass alle ersten Erfahrungen der frühen Jugendzeit wegen der Stärke ihres Erlebens endgültige Eindrücke sind, in denen das Menschsein, das Ich gebildet und zerstört wird zugleich. – Bei Martin Weiss kam – so stellte ich in den Therapiestunden immer wieder fest – eine angeborene Hypersensibilität hinzu, die ihn alle diese, für meisten Menschen „normalen" Erfahrungen aus der Außenwelt stärker, tiefer und nachhaltiger erleben ließ, ja ihn zu überwältigen drohte.

2.

Martin Weiss sagte mir: Als er das Kind gesehen habe, sei es für ihn Entsetzen und Erlösung in einem gewesen, denn er habe erkannt:
Das Kind dort, das keine Arme und Beine hatte, es war das Abbild seiner selbst.
Ich kannte das Kind und seine Eltern bereits, ich war damals in das Krankenhaus gerufen worden, um ihnen als Psychologe Hilfestellung zu geben, sie waren als Asylsuchende in dem Wohnheim untergebracht worden, das ich mit betreute, zu meinem Erstaunen jedoch waren sie von der Behinderung ihres Kindes weniger betroffen als ich erwartet hatte, möglicherweise waren sie ja auch schon durch die Ultraschallbilder darauf vorbereitet worden.
Später schilderte Martin Weiss mir seine Empfindungen in einer unserer Sitzungen genau: In diesem verstümmelten Kind sah er sich selbst, es war wie eine schreckliche, aber zugleich heilsame Offenbarung, es schien ihm, als habe seine eigene Lebensunfähigkeit eben in diesem Torso Gestalt angenommen, unübersehbar wurde ihm so vor Augen geführt, dass er ohne die Liebe, die ihm einmal geschenkt worden war, so amputiert, so lebensunfähig war wie dieses Kind.

Abgestorben schienen ihm alle Empfindungen, deren er je fähig gewesen war, vernichtet seit jenem Verlust, der ihm nicht nur einen Menschen und dessen Liebe, sondern auch sein eigenes Leben genommen hatte, obwohl er weitergelebt hatte, aber Leben – das erkannte er nun ganz deutlich angesichts des behinderten Kindes vor ihm – war dies nicht mehr zu nennen, was ihn da von einem Tag zum anderen trieb, nein, er war selbst zu einem Torso geworden, bei den Anfängen war es bei ihm geblieben, unvollendet, verstümmelt war seine Seele und sein Leben, so wie es der Körper dieses Kindes war, da zählten auch nicht die Jahrzehnte, die seit damals vergangen waren, Quantität war keine Qualität.
Ja, so war es gewesen, mit brutaler, schonungsloser Gewalt war ihm seelisch damals das angetan worden, was dieses Kind nun an seinem Körper erfahren würde, verstümmelt hatte man ihn, alle seine Hoffnungen und Träume, alles Weiche und Empfindsame war ganz einfach weggehobelt worden, sodass er nicht einmal mehr Schmerz empfand – ohne Sinn, ohne Ziel reihten sich ihm die Tage aneinander seit jenem Tag, der endgültig alles beendete, was Leben und Lieben für ihn bedeutet hatte.

Das alles war ihm als unausweichliche Wahrheit klar geworden, als er dieses Kind sah – es hatte weder Hände noch Beine, es war schon so geboren worden, würde nie greifen, nie laufen können, ein Hobel hatte bei ihm angesetzt, bevor es überhaupt zu leben begonnen hatte.

Und er hatte die Augen der Eltern gesehen, die Liebe, die aus ihren Gesichtern strahlte, das stille Glück, mit dem sie sich geduldig und zärtlich um ihr Kind kümmerten wie um einen ganz großen, wertvollen Schatz – und so war es ja auch bei ihm, wenn der Wunsch aufbrach, all dies noch einmal zu erleben, auch auf die Gefahr hin, dass der Schmerz mit den Erinnerungen und Empfindungen wiederkehren und ihn möglicherweise vernichten würde.

Die grenzenlose, unendlich tiefe Liebe dieser Eltern zu ihrem Kind erinnerte ihn an jene Liebe damals, mit der er geliebt worden war, er begriff, dass allein diese Liebe schon Lebensgrund genug war, diese Liebe der Eltern zu ihrem Kind, das nicht laufen, greifen, nicht sehen oder hören konnte – diese Liebe bedeutete sein Leben.

In dieser Liebe wurden Freude und Leid gleich „gültig", sie flossen ineinander, schlossen sich nicht mehr aus, daran erinnerte ihn dieses Kind und die Liebe seiner Eltern, und an die Liebe, die er selber einmal erfahren hatte.

Und wenn er das Kind schreien hörte, so war es auch seine Seele, die schrie – und es war ihr Klagen, das er hörte, wenn die Vögel jetzt im Frühling sangen, nie hatte ihr Gesang für ihn eine solche fast schmerzliche Schwermut gehabt. Seine Seele drohte zu ersticken, es war eine Qual, in der Äußerlichkeit eines Daseins dahinzuvegetieren, ohne einen Grund zu leben, dieser Frühling würde die Entscheidung bringen; ob es mit ihm endgültig zu Ende war, oder ob sein Leben noch einmal einen Sinn bekommen würde – und die Entscheidung musste fallen im Erinnern an das Geschehene damals.

Würde es für ihn ein Leben geben, in dem Vergangenes und Gegenwärtiges nicht mehr getrennt – das eine nicht mehr verdrängt und das andere nicht mehr wirklich wahrgenommen – sondern beides gleichzeitig nebeneinander, ja ineinander verwoben waren, Freude und Leid bildeten in ihm eine Einheit wie im klagenden Gesang der Vögel, der ihn schmerzte und beglückte zugleich.

Seine Kindheit und frühe Jugendzeit – sie hatten bereits über sein ganzes weiteres Leben entschieden, sie waren ja gar nicht vergangen, sie waren unmittelbar gegenwärtig wie ein Abgrund, der auf seinem Weg ständig neben ihm drohte, von dem er wusste, den er aber nie unmittelbar ins Auge fasste, und der deshalb umso größere Macht über ihn hatte, der ihn, je länger er ihn ignorierte, verdrängte, umso mehr zu einem seelenlosen, rein mechanischen Weiterleben in der Zeit verurteilte, das kein wirkliches Leben und Fortschreiten, sondern nur noch äußerliche Gewohnheit und Routine war.

Das Ersticken in äußerlichen Zwängen, die ihm gleichsam die Luft zum Atmen nahmen – damals in seiner Kindheit hatte es begonnen, das Verbiegen seiner natürlichen Empfindungen, das Verstümmeln seiner Seele, das Bis-zum-Tode-traurig machen, das Zerbrochen-werden durch eine unbarmherzigen Welt.

Die Tränen ohnmächtiger Wut, des Trotzes, des gebrochenen Stolzes, der Demütigung fielen ihm ein, er saß wieder in der Dunkelheit auf einer Stufe der Treppe, die zum Speicher hinaufführte, die Eltern hatten ihn aus der Wohnung ausgesperrt, er war wegen seines „Ungehorsams" bestraft worden, hatte die eigene Schwäche und Wehrlosigkeit angesichts der Stärke körperlicher Gewalt zutiefst demütigend erfahren und hatte zu ahnen begonnen, dass dieses Leben ihm nicht die erträumte Erfüllung bringen werde, dass es eher kein Leben, sondern ein Sterben sein werde, eher Angst und Enge statt Freude und Freiheit, eher ein Sich-ducken vor dem Stärkeren als ein Aufrichtig-sein und Aufrechtgehen.

Er musste, um wieder lebendig zu werden, um nicht in der Angst vor dem Abgrund seiner Vergangenheit in Leblosigkeit zu erstarren ein neues Verständnis gewinnen für alle „Lebensdinge", vor allem für die Zeit.

Hatte er sie bisher immer als Zeitstrecke empfunden und sich so in immer größerer Entfernung von den ersten Erfahrungen seines Lebens geglaubt, so musste er nun ein neues Zeitgefühl daraus entwickeln, damit er den ihn beständig gleichzeitig begleitenden Abgrund bewusst wahrnahm.

Dieser konnte ihn wohlmöglich verschlingen, überwältigen –

aber auch unendlich reich machen,

ihn in die Tiefe ziehen und unter sich begraben

aber auch in den Himmel führen – oder auch beides zugleich.

Wer war er eigentlich? – dieser Frage musste er sich stellen, um sich entweder zu finden oder endgültig zu verlieren, war er doch in seinem Wesen nichts anderes als seine Vergangenheit –

musste sich ihr also stellen, wollte er die Frage seines Ichs, seiner Identität mit sich selber zur Entscheidung bringen.

Dazu musste er sich dieser Vergangenheit ganz bewusst noch einmal stellen – das wusste er nun, statt sie zu verdrängen, musste er sich ihr noch einmal ausliefern.

Dafür musste zurück zu den Stätten seiner Kindheit, seiner ersten Erfahrungen von Glück und Leid – es war Entscheidung angesagt, dazu gab es keine Alternative, es würde sonst nichts mehr kommen auf seinem Weg in der Zeit, keine Zukunft gäbe es für ihn, die lebenswert hätte genannt werden können, wenn er die Vergangenheit nicht zur bewussten Gegenwart machte.

Die Zeitstrecke fasste sich gleichsam für ihn zusammen in einen Kreis, einen lebendigen, sich beständig um einen Mittelpunkt drehenden Wirbel voller Vitalität, diesem Stürmen, Drängen, Bedrängen und Überwältigt-werden musste er sich ausliefern, erneut ausliefern, hier gab es keine Distanz mehr, hier war alles gleich nah, hier gab es keine Flucht mehr, keine Erstarrung,

hier gab es nur Leben oder Tod –

aber endlich würde aus dieser Lösung eine Erlösung so oder so werden, endlich würde es zu dieser Entscheidung kommen, ob Leben überhaupt Leben war oder nur eine andere Art von Tod, ob das Leben im Sterben stärker war als das Sterben im Leben.

Wie wertvoll ein Menschenleben war, so ahnte er, das entscheiden oft nicht zwanzig, dreißig Jahre des Erwachsenenlebens, das entscheiden einige Jahre intensivsten Fühlens, schmerzlichsten Leidens, seligster unsagbarer Freude, wie man beides nur in Kindheit und früher Jugendzeit empfinden kann. Es sind dies oft Situationen und Augenblicke, die die Zeit eher als Ewigkeit denn als Vergänglichkeit erfahren lassen, weil sich alles erste Erleben zutiefst einprägt, als ewiges Glück und ewiger Tod, weil dieses intensive erste Erleben gerade wegen seiner Unwiederbringlichkeit als etwas Ewiges erfahren wird und sich unauslöschlich in der Seele einbrennt.

Plötzlich erinnerte er alle Gerüche seiner Kindheit, sie waren alle gleichzeitig da, brachen über ihn herein und assoziierten weitere frühere Erlebnisse als seien diese eben erst geschehen:

Der Brandgeruch abgeflämmten Grases auf der Wiese oberhalb des Steinbruches, auf dem sie als Kinder gespielt hatten, der modrige Geruch im Treppenhaus seiner Eltern, der Duft ihrer warmen Haut, der sich vermischte mit dem Geruch der Blumen und Sträucher des Gartens, in dem sie einander getroffen hatten, dicht nebeneinander gelegen hatten sie unter dem Kirschbaum in den Sommertag hineingeträumt.

Vergangenes überwältigte ihn, war ihm so unmittelbar nahe, als sei es gegenwärtige Wirklichkeit, er wurde wie von einem gewaltigen Strom fortgetragen, alles andere um ihn her verschwand, mächtig über ihn war allein nur noch die Erinnerung.

Die seitdem dahingegangenen Jahre waren so überflüssig, so nichtig, die seitdem vergangene Zeit war nur eine Ansammlung von Tagen, Wochen, Monaten, Jahren, Zeit ohne Inhalt, ohne jede Bedeutung – Nichts.

Er erkannte: Die Augenblicke, in denen seine Seele berührt worden war von der Kraft einer großen Liebe, in ihnen hatte sich damals bereits sein ganzes Leben gleichsam zusammengefasst, war geboren worden, hatte sich erfüllt und war gestorben – nur diese Augenblicke machten den Wert und den Sinn seines Lebens aus.

Was er in den Jahren danach erlebte waren wesenlose Wiederholungen äußerlicher Gewohnheiten und Zwänge. Was sich nun aber wieder in ihm regte gleich der Urgewalt eines Erdbebens – es war ein elementares Aufbäumen seiner Seele, die noch nicht aufgeben, die nicht endgültig ersticken wollte in Schmerzlosigkeit und Apathie, unter der dünnen Kruste äußerer Erstarrung des Lebens hatte es in all den Jahren immer auch jenes andere Leben gegeben, das einmal begonnen hatte mit Lieben und Verletzt-werden, mit Freude und Schmerz, Scham und Wut – und es hatte im Grunde nie aufgehört, das erkannte er jetzt mit mir gemeinsam, der ich ihn auf seinem Weg zu sich selbst als Psychotherapeut begleitete.

Damit hatte er so nicht gerechnet, dass seine Seele zu einem solch leidenschaftlichen Aufbäumen noch fähig war, es war ein Geschenk, dessen Wunderhaftigkeit ihn bis auf den Grund seiner Existenz aufwühlte, ihn Dimensionen des Lebens erahnen ließ, denen er einmal nahe gewesen, die aber unter dem Schutt der Jahre ohne Liebe vergraben waren.

Es hätte mein Leben sein Ende finde können und müssen – damals, sagte er sich.

Es war ein Fehler, es weiter zu führen, ich war unbarmherzig mir selber gegenüber. Jene Liebe, die in seinem Leben deshalb so früh begonnen hatte, weil sie sich so früh vollenden musste, sie hatte zu einer Zeit begonnen, in der sich das Bewusstsein, das „Ich" erst bildet, in der sich Ich und Welt im Wesentlichen noch in einer wunderhaften Einheit befinden, in der jeder Eindruck unmittelbar die Seele bis ins Tiefste berührt, ja sie überhaupt erst bildet oder vernichtet, wenn er zu stark ist.

Und wieder war für Martin Weiss ein Frühling gekommen, das Leben brach in der Natur überall mit sanfter Gewalt hervor, der Sommer war nicht mehr weit, ein starker Duft entströmte den Blumen und Sträuchern, weckte - so berichtete er mir in einer unserer Sitzungen - Erinnerungen an Gärten und Wiesen seiner Kindheit, in denen er alleine oder mit ihr träumend gelegen hatte - und nicht dort in der Vergangenheit, auch nicht dort draußen in der Welt hatte die Natur ihr Wesen, nein in ihm selbst lebte sie mit einer Urgewalt, die alles Feste in seiner Seele in einem Nu auflöste und in Freude und Schmerz mit sich riss – wohin? Martin Weiss wusste es nicht, rationales Denken trat auf dem Weg, den wir beide jetzt in seine Seele und seine Vergangenheit gingen, zurück, jetzt ging es allein um das Empfangen von Empfindungen:

Nie seit sie damals unterm Kirschbaum gelegen hatten, war der Gesang der Vögel eindringlicher gewesen, nie hatten er ihm so sehr das Gehör, die Seele gefüllt, es war noch ein neuer, alter Ton wieder hinzugekommen, den er Jahre nicht gehört hatte, in all den unwesentlichen Jahren seines Lebens, jener Ton, der ihn in seiner

Kindheit und frühen Jugendzeit in den Freuden und Schmerzen der Liebe begleitet hatte.
Ich riet ihm, alle Orte noch einmal aufzusuchen, die sich ihm mit dem Vergangenem, das nicht vergangen war, verbanden.

3.

Er stand auf der Anhöhe über der Stadt vor dem kleinen Haus mit den grünen Schlagläden, in dem sie gewohnt hatte, unten auf der Talstraße brodelte der Straßenverkehr – es war wie damals, es war, als habe sich seitdem hier nichts verändert.
Er erinnerte sich an einen Satz, den er vor einiger Zeit gelesen hatte: Erfahrung ist nicht das, was wir erleben, sondern das, was wir aus dem Erlebten machen.
Was er erlebt hatte, damals in den Tagen seines erwachenden Bewußtseins, in den Jahren, die man gewöhnlich und manchmal auch etwas abwertend Kindheit und erste Jugendzeit nennt, weil sie als bloß vorläufig, als vorübergehend, als bloße „Vor"-Stufe zum Erwachsensein angesehen wird, hatte in ihm nicht nur Eindrücke hinterlassen, sondern hatten ihn selbst, sein Ich, und die Welt, seine Welt, ins Sein, ins Bewusstsein gerufen und gebildet.
Alle Eindrücke und Erfahrungen – wenn sie auch von außen wenig beeindruckend schienen – hatten ihn, weil sie seine ersten waren, einerseits zu einem zutiefst reichen und armen Menschen zugleich gemacht: Die Welt hatte sich ihm in ihrer ganzen Fülle und Größe offenbart und war

dann andererseits wiederum versunken in diesem frühen Erleben und Erleiden, Abgründe der Hölle hatten sich ihm aufgetan, nachdem er in den Himmel hinaufgestiegen war.

Die Straßen mit ihrem grauen Asphalt, die Plätze und Häuser, die Wege durch die Gartenanlagen hinaus auf die Wiesen und Felder am Rande der Stadt – sie waren geblieben, ja auch die Geräusche, die fiebrige Atmosphäre des ruhelosen Verkehrs - all das, so stellte er fest, hatte sich seit damals nicht verändert, aber nicht dort draußen hatte all dies sein Wesen, es war ja alles tief in ihn eingedrungen, war ein Teil seiner selbst geworden, er selbst war diese Stadt und ihre fiebrige, nervöse Atmosphäre, er selbst war dieser Asphalt, die Steine der Häuser - nur noch aus toten Steinen war das Haus seines Lebens gebaut, aus erstorbenen Gefühlen.

Diese Steine waren ja einmal auf ihn geworfen worden, waren in ihn eingedrungen, hatten ihn erst verletzt und sein Inneres zu einer einzigen, schmerzhaften Wunde gemacht, und schließlich hatten sie ihn versteinert.

Nun aber zerfloss die Härte seines Herzens wieder, denn darunter brodelte es, er spürte, dass es ihn überwältigen, ja vernichten konnte, wenn es hervorbrechen würde – das Vergangene, das er ja selber war, das sein Leben und sein Sterben

war – und er hatte Angst vor sich selbst und gleichzeitig Sehnsucht danach, dass es geschah, dass er, er selbst noch einmal wirklich lebte, um doch so für immer zu sterben – weil s i e nicht mehr lebte: nur durch sie hatte er ja damals zu sich selbst gefunden, nur durch sie hatte er zu leben begonnen.
Szenen erstanden blitzartig vor seinem inneren Auge, es war wie eine Auferstehung, alles, was vergangen war, wurde gegenwärtig, so als erlebte er es noch einmal:
Wie sie vor ihrer Lehrerin standen, die er so verehrte hatte, Frau Rose, eine junge, pflichtbewusste Lehrerin. Früh hatte sie seine Begabungen entdeckte und ihn gefördert, wo sie konnte, aber sie war gefangen in den gesellschaftlichen, religiösen und moralischen Konventionen einer bürgerlichen Gesellschaft, in denen man sie erzogen hatte. Peinlich, aber für sie nicht zu umgehen war dieses Gespräch, Martin hatte die Röte gesehen, die ihr Gesicht überzog, als sie ihnen ihr Vergehen vorhielt: Man habe sie beide in einer Ecke des Schulhofes beobachtet, wie sie einander lange umarmt hätten, eng umschlungen hätten sie dagestanden, sie habe darüber bereits mit ihren Eltern gesprochen und es sei vereinbart worden, sie ab sofort wieder auseinanderzusetzen und darauf zu

achten, dass sich solche Dinge wie die auf dem Schulhof nicht wiederholten, deshalb hätten sie sich auch dort möglichst voneinander entfernt zu halten. In ihrem Alter als Schüler habe es so etwas zwischen einem Jungen und einem Mädchen einfach noch nicht zu geben, ja ihre Eltern, mit denen sie bereits darüber gesprochen habe, seien entsetzt gewesen, wie solches überhaupt möglich sei – sie hätten ihr sogar Vorwürfe gemacht und auf möglichst strikte Trennung beider gedrungen.

Auch sei sie selbst als ihre Klassenlehrerin ebenso wie die Eltern besorgt darüber, dass sich ihre schulischen Leistungen verschlechterten und ihre Versetzung gefährdet sei.

Es war beiden sofort klar, dass sie „verpetzt" worden waren, gewiss war es Ingrid gewesen, Karins frühere Banknachbarin, aus verletztem Stolz darüber, dass sich Karin neben Martin gesetzt hatte, musste sie sich nun auf diese Weise an ihnen gerächt haben.

Erschrocken hatten sie beide ihre Lehrerin angesehen, ihre Hände hatten sich gesucht, dann aber nach einem missbilligenden Blick von Frau Rose wieder losgelassen.

Es sei eben so, hatte Martin mit leiser, fast erstickter Stimme zu erklären versucht, dass sie einander gerne hätten und deshalb gerne zusammen seien.

Das, was diese beiden Kinder verband, vermochte ihre Lehrerin nicht in ihre Pädagogik einzuordnen, so sah sie hilflos von einem zum anderen, von dem Jungen zu dem Mädchen, nein, dass sie hier der Liebe begegnete – das war für sie undenkbar, völlig unakzeptabel.

„Ja, ja, ich habe ihn auch so gern", sagte Karin jetzt, nickte dabei eifrig und ihr Gesicht nahm einen ernsten, beinahe feierlichen Ausdruck an, ihre sonst so lebenslustigen Augen, aus denen oft der Schalk blitzte, wurden dunkel, und unwillkürlich hatte sie wieder nach Martins Hand gefasst, weil es nicht sein konnte, nicht sein durfte, dass man sie trennte, denn sie gehörten ja zusammen, das spürte sie, das wusste sie ganz sicher.

Nicht vorstellbar war es ihnen in ihrem kindlichen, naiven, noch weithin ungebrochenen Vertrauen in die Erwachsenen, die sie liebten, dass diese sie nicht verstehen sollten in ihrer Liebe zueinander, die in ihnen aufgebrochen war – ohne ihr beider Wollen, ein Geschenk, ein Wunder für sie, das sich wie selbstverständlich ausdrücken wollte, indem sie einander spürten, einander festhielten, sich eben körperlich ganz nahe waren, so wie sie sich seelisch zueinander hingezogen fühlten. Sie brauchten einer des anderen Liebe und körperliche Nähe zum Leben, weil sie sonst in einer für sie rohen Umwelt untergegangen wären.

Wieder errötete die Lehrerin, sie selbst war noch unverheiratet, das, was sie vor sich sah, rührte an ihre eigenen geheimsten unerfüllten Wünsche:

Aber Liebe zwischen einem Jungen und einem Mädchen in diesem Alter, zärtliche Berührungen? – das war nicht möglich, es widersprach der Moral, man hatte ihr ja bereits von Seiten der Eltern, die sie selbstverständlich von dem „Vorfall" hatte unterrichten müssen bevor diese durch Mitschüler informiert wurden, Beschwerden bei der Schulleitung angedroht, wenn sie nicht in Zukunft ihrer Aufsichtspflicht nachkäme und weiteres verhinderte.

Sie schüttelte den Kopf: So dürfe es zwischen ihnen beiden noch nicht sein, dafür seien sie noch viel zu jung, und dass sie gegen den Willen ihrer Eltern nicht handeln könne, erklärte sie den beiden, und dass sie sich ab morgen wieder auseinandersetzen müssten und es Strafen zur Folge haben werde, wenn sich solches Verhalten wie auf dem Schulhof noch einmal wiederholen sollte, schließlich dürfe sie ihre Aufsichtspflicht nicht verletzen – der Schmerz, den sie bei ihren Worten in den beiden erschrockenen, verletzten

Kindergesichtern sah, war ihr dabei ans Herz gegangen, hatte aber sein müssen.

Rasch hatte sie die beiden danach nach Hause entlassen, hatte ihnen mit ungutem Gefühl nachgesehen, wie sie mit gesenkten Köpfen traurig aus dem Klassenraum schlichen – aber hatte sie schließlich nicht nur ihre Pflicht getan?

Martin war zutiefst verletzt, in einer Weise gekränkt, die ihm körperlich weh tat. Er fühlte sich gedemütigt, neben ohnmächtiger Wut erfüllte ihn tiefe Enttäuschung über die Lehrerin, die er bisher so verehrt hatte.

Und Karin spürte, was in ihm vorging, wie sie es immer spürte, und sie musste ihm helfen, sie musste ihn wieder herausholen aus dem finsteren Verließ seiner seelischen Verwundung und Abkapselung, sie spürte wieder den unklaren Drang, ganz nah bei ihm zu sein, die Arme um ihn zu legen – all dies in einem halben Bewusstsein, aber doch schon in einer Intensität, die sie reifen ließ, die Gefühle in ihr weckten, wie sie für dieses Alter ungewöhnlich waren.

Damals, als sie in der vierten Klasse aus verschiedenen Schulen auf eine gemeinsame gekommen waren, als die anderen Jungen in den Klassenraum gestürmt waren und Martin etwas unbeholfen und linkisch an der Türe stehengeblieben war, da war er ihr gleich aufgefallen, weil sie an seinem Verhalten spürte, wie intensiv er alles erlebte, wie ihn seine Empfindsamkeit verletzbar machte für die Worte und das Verhalten – und es war ihr in diesem selben Augenblick zur festen Gewissheit geworden, dass sie zu ihm gehörte, zu diesem etwas schüchternen, hoch aufgeschossenen Jungen mit den feinen, lieben Gesichtszügen, dass sie das hatte, was er brauchte, mit ihrer Liebe konnte sie ihm das geben, was er zum Leben in dieser für ihn so schwierigen Welt brauchte, es war eben ihre Aufgabe, ihm das zu geben, was er selbst nicht hatte, ihm zu helfen und ihn zu trösten, wenn seine empfindsame Seele verletzt war.

Alles dies waren Vorgänge, Gefühle und Gedanken im erwachenden Bewusstsein eines Kindes, gewiss, aber durch solches Mitleiden und Lieben und Sich-verantwortlich-fühlen brachten sie dieses Mädchen zu einer für sein Alter seltenen inneren Reife.

Dabei war sie keineswegs von introvertierter, nein eher gegenteiliger, nach außen gekehrter Wesensart, sehr beliebt wegen ihrer natürlichen Fröhlichkeit, ihre Lebenslust riss andere mit, sie hatte ein hübsches und dabei doch inniges Gesicht, ihre großen, blauen Augen lachten meist, eine vitale Ausstrahlungskraft ging von ihr aus, dem sich keiner entziehen konnte, ihrem ganzen Wesen war eine natürliche Anziehungskraft gegeben, sodass sich jeder um ihre Gunst bemühte – sie war zweifellos so etwas wie die ungekrönte "Königin" der Klasse gleich von Anbeginn, der Grad ihrer Beliebtheit wurde von keinem anderen Mädchen auch nur annähernd erreicht.

Martin hatte sich einmal seiner Mutter offenbart, hatte ihr erzählt, ein Mädchen sei nun in ihrer Klasse, das ihm besonders gut gefiel, sie habe ein „so süßes Gesicht", dass er sie manchmal gar nicht mehr ansehen könne, so sehr ginge ihm das durch und durch, seine Mutter hatte ein bedenkliches Gesicht gemacht und gemeint, er solle sich nur nicht den Kopf verdrehen lasse und nur nicht in seinen schulischen Leistungen nachlassen.

Zum ersten „Rendezvous" war es gekommen, indem Karin Martin versicherte, „Dir muss ich unbedingt meine neue Jeanshose zeigen", auf die sie so stolz war, weil sie ihr so gutstand, er solle doch zu den Häusern unten an den Eisenbahngleisen kommen, dort auf den Treppen zu den Hauseingängen spiele sie am Nachmittag, sie werde da auf ihn warten – und dabei hatte sie ihn, nur ihn, vor allen anderen Jungen angestrahlt, es hatte ihn verlegen gemacht und glücklich zugleich.

Am Nachmittag hatte er sich mit klopfendem Herzen auf den Weg gemacht, die Straße hinunter bis zur Ecke, hatte schon von weitem nach ihr Ausschau gehalten, war erst enttäuscht gewesen, weil er sie nicht gleich gesehen hatte, einen Augenblick fürchtete er, sie habe ihn nur zum Narren halten wollen, aber sie hatte nur auf einer anderen Treppe auf ihn gewartet – und als sie plötzlich voreinander standen, da hatten sie beide kein Wort herausgebracht, stumm hatte er sie angesehen: Ja, in ihrer neuen, blauen Jeanshose hatte sie wirklich reizend ausgesehen, soviel vermochte er in seinem entrückten, verzückten „Zustand" der Verliebtheit doch noch festzustellen.

Wie viel erotische Anziehungskraft ist doch bereits in einem Alter wirksam, da man es gewöhnlich nicht wahrhaben will – Martin war verliebt, er war es vom ersten Augenblick an, es hatte ihn gepackt wie ein Nervenfieber, sein ganzes Empfinden war von diesem Augenblick für immer besetzt durch dieses Mädchen, das ihn durch seine ganz Art auf unwiderstehliche Weise in seinen Bann zog.

Dies reizende, extrovertierte hatte auf ihn, den eher introvertierten, hochsensiblen Jungen einen ihn zutiefst berührenden Einfluss, durch den er die ganze Welt noch intensiver erlebte, es war wie ein Wunder, das sie mit aller Macht miteinander verband und beide ein überwältigendes Glücksgefühl erleben ließ – einander wieder zu verlieren war allerdings die schreckliche Möglichkeit, die nun beständig sein Glück begleitete.

Wenn man sie ihm nehmen würde, das wusste er, dann nähme man ihm auch sein Ich und die Welt: Es drehte sich ja alles in seinem Fühlen, Denken nur noch um sie – sie war es, die ihm durch ihre Liebe überhaupt erst den Zugang zur Welt und zu sich selbst eröffnete, nicht als bewusste Reflektionen, aber dennoch als halbbewusste Gewissheiten, für die ihm allerdings noch die Ausdrucksmöglichkeiten fehlten.

Jetzt, draußen auf dem Flur, nach dem, was er als Enttäuschung durch seine Lehrerin und das Unverständnis der Eltern erfahren hatte, war er verletzt, wütend, gekränkt, die Härte, die ihnen von Seiten Erwachsenen entgegenschlug, tat ihm physisch weh, man wollte ihnen ein schlechtes Gewissen machen – er empfand alles wie ein demütigendes Ins-Gesicht-Geschlagen-werden,

Tränen traten ihm in die Augen, Karin bemerkte sie, er wollte sein Schluchzen unterdrücken, aber es gelang ihm nicht – und sein Schmerz ließ sie ihre eigene Enttäuschung über den Verrat ihrer Freundin vergessen, sie konnte nicht anders, als die Arme um ihn zu legen:

„Nicht weinen, Martin", tröstete sie ihn und rieb ihre Wange an seiner, spürte dabei seine Tränen und sah plötzlich in die strengen, missbilligenden Augen der Lehrerin. Sie war ihnen – wohl aus Besorgnis – auf den Flur nachgegangen. Sie schüttelte den Kopf, nahm Karins Arme und hielt sie fest, trennte beide auf diese Weise, den Jungen und das Mädchen, das ihn zum Trost umschlungen hatte, riss sie auseinander, es war für beide wie ein körperlicher Schmerz, eine Kränkung ihrer Seelen und ihrer Körper zugleich.

„Das solltet ihr nicht tun", mahnte die Lehrerin, während sie beide voneinander trennte. „Er wird schon allein damit fertig werden und Eure Eltern wollten das bestimmt nicht, dafür seid ihr noch nicht alt genug, dass ihr euch so in den Arm nehmen dürft."

Sie war eine Gefangene gesellschaftlicher Normen und Moralvorstellungen, die sie nicht hinterfragte, „gut" meinte sie es, und Übles richtete sie an, diese engstirnige, pflichtbewusste Pädagogin, und doch hätte sie auch schon aus ihrer christlichen Tradition wissen können, „dass die Liebe des Gesetzes Erfüllung ist", wie es im Neuen Testament heißt; ohne wirkliches Verständnis stand sie dem gegenüber, was sich vor ihr tat zwischen diesen beiden Menschen, die der Liebe früher als gewöhnlich begegnet waren, und deren Seelen zum ersten Mal und also für immer eine Wunde zugefügt wurde, die nun untrennbar mit ihrer Liebe verbunden sein würde.

Verständnislos sah Karin die Lehrerin an, was hatte sie Böses getan, dass es den Unwillen ihrer Lehrerin erregte, was war nicht richtig daran, den zu trösten, zu dem es sie mit jeder Faser hinzog, dessen Hilflosigkeit und Wehrlosigkeit sie wie einen eigenen Schmerz spürte und dem zu helfen sie sich zur Aufgabe gemacht hatte.

Und er – die Empfindsamkeit seiner Seele war nicht etwa nur deren nach Außen gerichtete Seite, nein, sie war seine Seele selbst, die in diesen Augenblicken alle Festigkeit verlor und gleichsam zu zerschmelzen schien.

Offen für alles Beeinflussen von außen, war diese Seele ja selber noch im Fluss, war dieses Strömen der Empfindungen nichts anderes als er selbst, keine Möglichkeit der Distanz, der Flucht vor dem Überwältigt-werden gab es noch für ihn, sein Ich und sein Bewusstsein waren ganz und gar dieses Einströmen und Strömen – und sie blieben es für alle Zeit, zumindest in seinem Unbewussten, dessen Vorgänge ja unzerstörbar bleiben, nie zum Ende, zur Auflösung gebracht werden können, nie zur Vergangenheit, nie vergessen werden können.

Es ist schon so, wie Freud es sagt, stellte Martin Weiss fest. Es ist, als sei all dies erst gestern geschehen. Und es ist auch so, wie er in seiner Traumdeutung schreibt, stellte er nicht ohne Selbstironie fest.
Ich hatte ihm dieses Buch zum Lesen mit nach Hause gegeben, und er hatte es in wenigen Tagen verschlungen. Wir verarbeiten in unseren Träumen unsere Gefühle und Gedanken, wir komprimieren sie zu geistreichen ja manchmal witzigen Geschichten. Jetzt lächelte er, ich hatte immer schon einen tiefgründigen Humor bei ihm festgestellt, er bezeichnete ihn, als ich ihn darauf ansprach, als Galgenhumor bezeichnet.
Seine Klassenkameraden hätten ihn damals an ihm festgesellt, dann, wenn allen anderen die Situation – etwa vor einer schwierigen Klassenarbeit – vollkommen hoffnungslos erschienen sei, habe er doch irgendeine humorvolle, treffende Bemerkung gemacht, die ihnen geholfen habe.

Immer wieder träume ich von der Situation damals, als uns unsere Lehrerin getrennt hat, erzählte er. Damals war ich ihr wehrlos ausgeliefert, aber jetzt, wenn ich die Situation im Traum wiederhole, konstruiere ich immer wieder neue Szenarien, wie ich darauf passender reagiere. Einmal habe ich sie mir schön geträumt, statt uns zu tadeln habe sie uns gelobt, dass wir uns so gut verstünden, das habe sie zwischen einem Jungen und einem Mädchen in unserem Alter noch nie erlebt, aber sie freue sich darüber. Und einmal habe ich geträumt, ich hätte ihr gesagt, sie habe uns gar nichts zu sagen, sie sei gar nicht unsere Klassenlehrerin, man habe sie an eine andere Schule versetzt. Mir fallen also im Traum immer neue Dinge ein, genauso, wie Freud es beobachtete, das Unterbewusstsein ist sehr kreativ in der gedanklichen Aufarbeitung unverarbeiteter Ereignisse der Vergangenheit, die ja eben nicht vergangen, sondern nur verdrängt und in unserer Seele präsent sind als wären sie immer gegenwärtig gewesen. Ihre Träume und deren Gedankenarbeit, erklärte ich ihm, werden sich so lange wiederholen, wie die Gefühle, die mit dem damaligen Ereignis, von dem Sie träumen, verbunden sind, lebendig und stark sind, ihre Traumgedanken, Bilder und

Geschichte werden aus dieser Gefühlsquelle gespeist.

Das Mädchen fand sich schneller mit Realitäten ab, es wurde ihr klar, dass sie ihre Liebe zueinander nicht ungestört leben konnten, dass sie mit Widerständen zu rechnen hatten – diesem Kampf aber war sie bereit, sich zu stellen, sie fühlte bisher ungeahnte Kräfte in sich, sie würde daran wachsen, mit dem Unverständnis, der Ablehnung der Erwachsenen würde sie schon fertig werden, das wusste sie. –

Von diesem Ereignis an traten bei ihm die Kopfschmerzen auf, die ihn dann nie mehr verlassen sollten, sie waren – so analysierten wir in unseren Sitzungen – ein Symptom der Verdrängung:
Ihre Beziehung, ihre Liebe zueinander war etwas Unrechtes, so vermittelten es ihnen die Erwachsenen , es durfte nicht sein, was doch war, hinzu kam bei ihm ein überfeines Gewissen, so diagnostizierten wir, das sich pathologisch zu einem permanenten schlechten Gewissen entwickelte: Bei jedem Gedanken an sein Freundin, ausgelöst von seinen Gefühlen für sie, die ja Unrecht waren und dennoch so stark, dass sie immer wieder kamen, waren

Spanungskopfschmerzen die Folge, er fühlte seinen Kopf wie in einem Schraubstock oder von in einer stählernen Klammer zusammengepresst, die Symptom-Bildung einer neurotischen Verdrängung nannten wir es in Anlehnung an Freud Psychoanalyse. „Das war im Kopf nicht auszuhalten", es machte ihn krank, aber es waren doch die Erwachsenen mit ihren Vorurteilen, ihrer Verständnislosigkeit, ihren Ängsten und ihren gesellschaftlichen Normen, die krank waren. Heute sah er es ein, aber damals war er vollkommen überfordert und es war wieder sie, die ihm mit ihrer Liebe die Kraft gab, es dennoch „auszuhalten".

Es lebten einmal zwei Menschen, ein Junge und ein Mädchen,
nur einige Straßen voneinander entfernt am Rande einer Großstadt,
sie hatten sich mit der ganzen Kraft ihrer jungen Seelen aneinandergeklammert – sie gehörten zusammen und wollten beieinanderbleiben und wurden doch auseinandergerissen:
Der Tod des einen musste der Tod auch des anderen sein, das Leben hatte ohne den anderen keinen Sinn mehr, in der Erinnerung an sie und ihre Liebe zu leben war das Einzige, was ihm

vom Leben noch geblieben war, es konnte ihm ja nichts Größeres und Schöneres mehr geben:
Er sollte die Orte aufsuchen, die ihn an sie und ihre Liebe erinnerten. So stand er auf der Anhöhe über der Stadt vor dem kleinen Haus mit den grünen Schlagläden, in dem sie gewohnt hatte, und alles war wieder so lebendig in ihm, als sei es gerade erst geschehen.

4.

Jeden Tag trieb es ihn nun zu jenem kleinen Haus auf der Anhöhe über der Stadt, im Tal unten schlängelte sich der Fluss, neben ihm die Hauptstraße, daran anschließend reihte sich eine Häuserzeile nach der anderen den Berghang hinauf, ein Häusermeer, aber dahinter jenseits der Bahnlinie sah man schon Gärten, dann Wiesen, dann Felder – hier hatten sie gespielt, hier ihre Nachmittage zugebracht, weithin unbeobachtet und unkontrolliert von den Erwachsenen.

Es hatte für sie beide keine Behausung mehr gegeben, kein Haus war da für ihre Liebe, sie hatten sich heimlich treffen müssen, zu Hause war es ihnen untersagt: „Dieses Haus betrittst du nie wieder" – diese Worte von Karins Vater würde er nie vergessen können, Worte – das wusste er, das hatte er erfahren – konnten sich zentnerschwer auf die Seele legen, Bergen gleich, die umstürzten und einen Menschen unter sich begruben, böse Worte konnten all das Gift in sich haben, mit dem Menschen einander das Leben zu zerstören vermögen, sie brannten sich unauslöschlich für ein ganzes Leben in die Seele ein.

Aber es war ihnen beiden geholfen worden, und er hatte auch gute Worte gehört:
Einmal, als sie vor einem plötzlichen Regenschauer in einem der Schrebergärten in eine Laube geflüchtet waren, hatte sie dort der Besitzer überrascht, ein älterer, hagerer Mann von leicht nach vorne gebeugter Gestalt, der sie aus scheuen Augen gemustert hatte. Zunächst waren sie erschrocken zusammengezuckt und hatten einen harschen Rausschmiss erwartet, dann aber hatten sie Herrn Sperling, wie der Eigentümer des Schrebergartens hieß, als äußerst gütigen, verständnisvollen, älteren Herrn kennengelernt, ja, er hatte sie mit Kuchen und Saft bewirtet und ihnen angeboten, jederzeit wiederkommen zu können, er sei alleinstehend, seine Frau sei vor einigen Jahren verstorben, er freue sich über Gesellschaft. „Kinder, ihr habt euch gern, das merkt man gleich. Und dass ihr hier bei mir in meinem Schrebergarten und nicht bei euch zu Hause seid, das hat sicher seinen Grund. In dieser Gartenlaube jedenfalls seid ihr immer willkommen." Das waren freundliche, gütige, mitfühlende Worte, die sie brauchten, es war wie ein kleines Paradies, in das sie zufällig geraten waren, nachdem sie aus dem großen vertrieben worden waren. Dass sie nach dem enttäuschenden Unverständnis seitens ihrer

Eltern und ihrer Lehrerin hier auf Verständnis stießen, kam ihnen vor wie ein Wunder.

Sie fassten Vertrauen zu diesem älteren Herrn, dessen Augen immer einen etwas abwesenden und traurigen Ausdruck hatten, sie erzählten ihm von ihrer Liebe und dem Unverständnis der Erwachsenen.

Martin kannte Herrn Sperling von der Straße, die Jungen ahmten seinen weitausholenden Gang nach, machten sich hinter seinem Rücken über ihn lustig, auch Martin hatte ihn für einen verschrobenen Sonderling gehalten, dass er ihnen gegenüber so freundlich war, beschämte ihn und er dachte viel darüber nach, wie man mit Vorurteilen Menschen doch Unrecht tun konnte, und dass Menschen ganz anders sein konnten, wenn man sie näher kennenlernte – sowohl in positiver als auch in negativer Hinsicht, und bei Letzterem dachte er an seine Lehrerin, Frau Rose, und an seine und Karins Eltern, die ihn so sehr enttäuscht hatten. –

Karin hatte Ordnung in das Heim des Herrn Sperling gebracht, regelmäßig griff sie auch nach Eimer und Schrubber und putzte gründlich den Boden der Gartenlaube, es war eine ihrer Eigenarten, dass sie es immer „ordentlich um sich herumhaben musste", wie sie sagte, ein Ausdruck, den sie von ihrer Mutter übernommen hatte und ein Wesenszug, den diese ihr auch vererbt haben mochte.

Dass sie auf diese Weise sich und Martin gleichsam auch ein gemeinsames Zuhause schaffen konnte – dies war ihr und Martin wiederum nur halb bewusst.

Martin war ihr Ordnungssinn schon vertraut, er hatte sich bereits Ermahnungen von ihr anhören müssen, was etwa die Ordnung in seiner Schultasche anbelangte, auch auf eine aufgeräumte und saubere Wohnung habe man zu achten, das müsse eben so sein, sagte sie als Begründung und beide, Martin und Herr Sperling fügten sich dieser kleinen, aber energischen Person, die so genau und mit instinktiver Sicherheit wusste, was sie wollte und was in einer Situation zu tun war.

Herr Sperling hatte nach dem Tod seiner Frau mehrere Hörstürze gehabt, sein Gehör hatte gelitten, aber das war nicht das Schlimmste für ihn, weitaus schwerer für ihn zu ertragen war der Tinitus, das Ohrgeräusch und die Gleichgewichtsstörungen, die er zurückbehalten hatte, sie machten ihm das Leben schwer, Medikamente hatten bei ihm nicht angeschlagen, das Ganze sei bei ihm mehr seelischer Natur, hatten die Ärzte gesagt, er war deshalb froh über jede Ablenkung, bei der er sich selbst und sein

Leiden vergessen konnte, die beiden jungen Menschen schienen ihm nach dem Verlust seiner Frau wie ein Geschenk des Himmels.

Martin liebte es, im hohen Gras vor der Laube zu liegen, um ihn her das schweigende beruhigende Grün in seinen verschiedenen Schattierungen, Gräser, Sträucher, Blätter, über sich das sanfte Weiß der ziehenden Wolken; fest drückte er sich an den von der Sonne erwärmten Boden, hörte auf Karins helle Stimme, wie sie mit Herrn Sperling sprach – und war glücklich, es war gut, hier zu sein, fern der rohen, lauten Rufe seiner Kameraden, die sich gegenseitig herausforderten. Er hörte sie nur von weit her, sie spielten auf der Straße jenseits der Häuserzeile, hinter der sich die Gartenanlage an einem Bach entlang erstreckte, die Rückfront der mehrstöckigen Mietshäuser schien Martin wie ein langgestrecktes Felsengebirge, hinter dem er geschützt war.

„Dein Freund ist ein Träumer", sagte Herr Sperling zu Karin, „aber das Leben, das Leben!" Und er seufzte, dachte dabei an seine Frau, die er durch eine langwierige Krankheit verloren hatte.

Und er schüttelte betrübt den Kopf, während er mit der Harke in einem Beet die Erde auflockerte, sein hagerer, gekrümmter Körper schien sich auf die Erde neigen und dort Halt finden zu wollen, oft führte er Selbstgespräche, murmelte bei der Gartenarbeit Unverständliches vor sich hin.

„Wirst deine Mühe mit ihm haben, so einer ist doch nicht lebenstüchtig."

Und drohend hob er die Harke in Martins Richtung: "Grüble nicht, hörst du? Das kannst du immer noch, wenn du so alt bist wie ich. Nicht grübeln, Junge!"

Einen Augenblick stutzte Karin, sie sah auf den Jungen, der vor ihr im Gras lag, sie seufzte ein wenig, als spüre sie die Last, die sich mit ihm auf ihre Seele legte, dann sagte sie mit ernstem Gesicht: „Wir werden es gemeinsam schaffen, Martin und ich, Herr Sperling. Das habe ich mir fest vorgenommen."

Herr Sperling musste lachen, so habe seine Frau auch immer geredet, sagte er, und ihr werde es bestimmt gelingen, das sehe er daran, mit welcher Gründlichkeit und welchem Elan sie Ordnung in seine „Bude" gebracht habe.

Dieser Schrebergarten am Rande der Stadt mit seinen Beeten, Stachelbeer- und Brombeersträuchern schien ihnen beiden wie das Paradies, hier stellte Karin neben Martin im Gras liegend Vergleiche zwischen sich und einem „Vögelchen" an, das über ihnen im Kirschbaum fröhlich und unbeschwert sein Lied trällerte, es sei doch ungerecht, meinte sie, dass die Vögel so frei und unbeschwert von einem Ort zum anderen fliegen könnten, ihr dies aber verwehrt sei.

Martin fühlte sich eher der Schildkröte verbunden, die Herr Sperling in einem Gehege im hohen Gras hielt, er konnte lange Zeit vor ihr liegen, sie mit einem Salatblatt locken, ihren Kopf unter ihrem Panzer hervorzustrecken, gut konnte er es verstehen, dass sie ihren Schutz unter diesem harten Panzer brauchte, war sie innen doch ganz weich, so wie er selber auch. Und wie sie sich bei der geringsten Berührung wieder in ihren Panzer zurückzog, so erging es ihm ja auch, wenn ihn die Welt und die Menschen, ihre Härte, Bosheit und Gefühllosigkeit verletzte – dann suchte auch er ja immer nach einem Ort der Geborgenheit.

Martin lebte hier in einer harmonischen Einheit mit all dem, was ihn umgab, es war das Glück, wie er es sich wünschte, die Welt, wie sie sein sollte, vertraut und verlässlich waren Menschen und Dinge hier in diesem Garten mit seinen Gräsern, Bäumen, Sträuchern, dem Wind und den Wolken, seine Seele war tief berührt, Karins Stimme gehörte dazu, auch das Brummeln des Herrn Sperlings, es war Heimat, hier war Halt über dem Abgrund, Trost in der Traurigkeit, die

ihn erfüllte über das, was seine verletzbare Seele an ersten Kränkungen und Verletzungen erfuhr. Es war wunderbar, hier bei diesem Einsiedler gemeinsam einen neuen Ort der Geborgenheit gefunden zu haben, nachdem sie zu Hause vertrieben worden waren.
"Dieses Haus betrittst du nie wieder."
Es war einige Tage nach der Ermahnung gewesen, die sie durch ihre Lehrerin Frau Rose erhalten hatten.
Aus Rücksicht auf das Verbot ihrer Eltern hatten sie einander zunächst nicht mehr besucht.

Es war genau so, wie Freud es beschreibt, erklärte er mir in einer unserer Therapiestunden: Man versuchte uns ein schlechtes Gewissen anzuerziehen, weil das nicht sein durfte, was „man" nicht tat, was den traditionellen Normen nicht entsprach. Und so kam es zu diesem Kampf und Leidensdruck auf unser Ich, das sich gerade erst bildete, zur Auseinandersetzung mit dem Über-Ich, das an uns herangetragen wurde. Das Gewissen ist ja das verinnerlichte Elternbild und die nach innen übernommenen äußeren kulturellen und religiösen, gesellschaftlichen Normen, denen wir ausgeliefert sind.

Aber sie konnten nicht begreifen, was an ihrem Verhalten schlecht sein sollte, so, dass es den Unwillen ihrer Lehrerin und ihrer Eltern erregte.
Dass sie sich einfach gernhatten und einander deshalb nahe sein wollten – was sollte daran böse sein?
Und dass es ihnen erlaubt gewesen war, einander zu sehen, als zwischen ihnen „nur" Freundschaft gewesen war, dass sie sich dann aber, als sie einander lieb bekommen hatten, nicht mehr sehen durften – dies waren Verletzungen ihrer Seelen, die ihnen von Menschen, die ihnen die nächsten waren, denen sie vertraut und die sie geliebt hatten, angetan wurden und die nie mehr heilen sollten.
Verständnis hatten sie weder bei ihrer Lehrerin noch bei ihren Eltern gefunden, ja es war zu bösen Worten jeweils über die andere Familie gekommen, von „früher Verdorbenheit" und „mangelnder guter Erziehung" war jeweils die Rede gewesen in den gegenseitigen Schuldzuweisungen, und man werde weiterem Treiben „einen Riegel vorschieben".
So hatte Martin es erst vierzehn Tage später gewagt, sich dem kleinen weißen Haus mit den grünen Schlagläden zu nähern, und obwohl Karin ihm gesagt hatte, ihre Mutter sei zu Einkäufen in der Stadt und ihr Vater noch bei der

Arbeit, klopfte ihm sein Herz gehörig: einmal aus Freude, Karin wieder zu besuchen, dann aber auch des schlechten Gewissens wegen, das die Erwachsenen ihm nun eingepflanzt hatten.

In ihrem kleinen Dachzimmer saßen sie einander zunächst sehr befangen gegenüber, sie auf dem Sofa, er auf einem Stuhl, hörten Musik, manchmal redeten sie, Karin erzählte ihm von dem Versuch, Ingrid wegen ihres „Petzens" zur Rede zu stellen und dass diese sie nur wortlos hatte stehen lassen, dann schwiegen sie wieder, eine Unsicherheit war zwischen ihnen, bisher war zwischen ihnen alles so selbstverständlich gewesen, wie von selbst hatte es sich ergeben, dass sie sich umarmt hatten, aber jetzt hatten die Erwachsenen diese Unbefangenheit zerstört.

Es bedurfte einer Brücke zwischen ihnen beiden, Karin spürte das deutlich, warum saß er nur dort vor ihr, so fern, sie sehnte sich doch nach seiner körperlichen Nähe, danach, dass er wieder seinen Arm um sie legte, aber sie wäre nicht die gewitzte Person gewesen, die sie nun einmal war, hätte sie nicht gewusst, wie sie ihm diese „Brücke" bauen konnte: Sie hatte ihm das neue Buch noch nicht gezeigt, das sie geschenkt bekommen hatte, das Buch mit Fotos von Australien, jenem Land, zu dem sie unbedingt reisen wollte, das ihr wie der Inbegriff von

Freiheit und Schönheit erschien, ihr Vater hatte es ihr geschenkt, es war teuer gewesen, aber ihr Vater hatte gesagt, er könne es sich leisten, seiner Tochter auch einmal etwas Kostspieligeres zu schenken.

Sie rückte ein wenig zur Seite, damit Martin sich neben sie setzen und mit ihr gemeinsam die Bilder bewundern konnte, besonders hatten es ihr die Koala-Bären angetan, aber auch die Pflanzen mit ihrer Farbenpracht begeisterten sie.

Es ergab sich wieder wie von selbst, dass sie sich an ihn kuschelte, er seinen Arm um sie legte, und sie alles um sich her vergaßen, sich in ihrer Phantasie die gemeinsame Reise nach Australien ausmalten, manchmal vergaß Martin, was er gerade sagen wollte, wenn ihre lachenden Augen ihm so nahe waren.

Und nachdem er einige Zeit dem Drang, sie zu küssen, widerstanden hatte, war ihm plötzlich ihr Mund so nahe, dass er mit seinen Lippen ungeschickt die ihren berührte, es war gar nicht mehr anders möglich, es war einfach der selbstverständliche Ausdruck seiner Liebe, und sie sollte doch spüren, wie gern er sie hatte.

Sie vergaßen einfach alles um sich herum, hatten kein Zeitgefühl mehr, es tat ihnen so gut, einfach beieinander zu sein, sich die Zärtlichkeit, Liebe und Geborgenheit geben zu können, die sie

brauchten, die besonders Martin zu Hause nicht bekam, sodass sie nicht bemerkten, wie die Tür aufging und Karins Vater im Zimmer stand.
Er war zunächst so verdutzt über das, was er sah, vermochte es nicht zu fassen, brachte kein Wort heraus, und dies, seine eigene Hilflosigkeit, machte ihn umso wütender.
Er war ein schlanker, agiler Mann, der zu cholerischen Ausbrüchen neigte,
nach denen er regelmäßig seine Migräne bekam, mit Fleiß und Energie hatte er sich in seiner Firma hochgearbeitet, dort hatte er sich Anerkennung und Respekt verschafft, hatte es bis zum Abteilungsleiter gebracht, nein, dies hier hatte er nicht verdient, wie kam dieser Junge dazu, ihm hier in seinem Haus solches anzutun, welche Nichtachtung seiner Person gegenüber musste er sich damit gefallen lassen.
„Raus", schrie er mit hochrotem Kopf und mit vor Empörung bebender Stimme, nachdem er sich von seinem ersten Schock erholt hatte, „aber sofort raus aus meinem Haus."
Martin und Karin waren hochgeschreckt, dabei fiel das Buch auf den Boden, Karins Vater sah den Titel, es war s e i n Buch, das er seiner Tochter geschenkt hatte, und sein Zorn verstärkte sich noch, wie kam dieser Bursche dazu, hier in seinem Haus Arm in Arm mit seiner

halbwüchsigen Tochter sein Buch anzusehen – er war aufs Hinterhältigste, Schmählichste hintergangen worden, hatte er nicht erst vor einigen Tagen seiner Tochter das Versprechen abgenommen, sich von diesem Kerl fernzuhalten.
„Aber Vater, es ist doch Martin, du kennst ihn doch, wir haben miteinander die Bilder angesehen aus dem Buch, das du mir geschenkt hast", versuchte seine Tochter ihn zu beruhigen, sie griff dabei nach der Hand ihres Vaters, um sie beruhigend zu streicheln, aber er stieß sie von sich
„Wie kann er es wagen, hier aufzutauchen", schrie er aufgebracht. „Ein ganz verdorbener Kerl ist das, ich werde seinen Eltern Bescheid sagen, was sie für einen Sohn haben, so etwas wird mir jedenfalls nie mehr vorkommen, knutscht mit meiner Tochter in meinem Haus hinter meinem Rücken. Und du, haben wir dir nicht vor einigen Tagen verboten, dich je noch einmal mit ihm einzulassen?"
Wie konnte sie ihren Vater nur beruhigen, sie kannte ja sein cholerisches Temperament, sie war verzweifelt, denn hier wurde etwas unwiederbringlich zerstört, ihre Zukunft, und ein großer Schmerz ging wie ein Riss durch ihr Herz, wie konnte ihr Vater nur so sein, wie

konnte er den Menschen, den sie über alles liebte, nur so behandeln, wie konnten ihre Eltern das, was zwischen ihnen war, nur auf eine solch gemeine Weise missverstehen – und wie konnte sie nun ihren Vater noch lieb behalten, nachdem er Martin und ihr solches antat ?

„Vater, ich habe dir doch schon gesagt, dass wir uns liebhaben, Martin und ich", sagte sie und Tränen rannen dabei aus ihren Augen.

Aber das machte ihren Vater nur noch wütender, er fühlte sich nun vollständig betrogen von seiner Tochter, die doch „seine" Tochter, sein kleines, noch halbwüchsiges Mädchen, sein ganzer Stolz war, für die er sich hochgearbeitet hatte – wie kam dieser Kerl dazu, sie ihm zu nehmen, dazu hatte er kein Recht und zudem noch sein Verbot und damit seine väterliche Autorität zu missachten?

Er trat auf Martin zu, packte ihn an den Schultern und schob ihn zur Tür.

"Mach, dass du fortkommst und lass dich hier nie wieder blicken, das rate ich dir. Dieses Haus betrittst du nie wieder."

5.

Da waren die Nachmittage, die ihm gehörten, nachdem die Schulaufgaben erledigt waren, die Schule lag weit hinter ihm, der Vormittag mit all dem, was er an neuen realen Erfahrungen gebracht hatte, war nur noch in der Verarbeitung da, und der morgige Tag lag noch in weiter Ferne – vor ihm aber breitete sich der Nachmittag aus wie eine weite, abenteuerliche Landschaft, seine Minuten und Stunden dehnten sich in einer friedvollen Unendlichkeit, einer Seligkeit des Alleinseins, in dem er ungestört seinen Phantasien Raum gebe und innere Erfahrungen machen konnte. Bücher waren die Begleiter in seiner Einsamkeit, Romane über fremde Länder, über Helden, die liebten und geliebt wurden, eroberten und verloren, er lebte in und mit ihnen, das Geschilderte empfand er so intensiv, dass es mächtiger wurde als die Realität.

Es war eine Flucht aus der Wirklichkeit, die ich nicht aushalten konnte, diagnostizierte Martin Weiss in einer unserer Sitzungen. Dann sah er mich fragend an: Ich weiß nicht, sagte er dann leise, ob nicht das alles nur meine eigene Phantasie ist, was ich ihnen hier erzähle, das mit Karin und mir und unserer Liebe. Im augenblicklichen Stadium unserer Reise in Ihr Inneres ist das nicht so von Bedeutung, antwortete ich. Es ist jedenfalls in Ihrer Seele und hat deshalb eine Macht, auch wenn es vielleicht nicht real war.

Niemand konnte ihn nun noch stören, verletzen, hindern beim Bauen seiner eigenen Welt, in der er flüchtete – es ging die Treppe zum Speicher des Elternhauses hinauf, war dort die Tür hinter ihm verschlossen und hatte er die letzten Stufen zum Dachboden hinauf erklommen, dann war er geradewegs auf dem Weg ins Glück, niemand vermochte ihm bis hierher zu folgen, hier war er sicher, wunderbare Stunden ohne Belastung, ohne Kränkungen und Verletzungen standen ihm bevor.

Er hatte so viel Leben, so viel tiefes Empfinden in sich selbst – er brauchte sie nicht, diese groben, gefühllosen Zerstörer seiner Welt – deshalb zog er sich von seinen Spielkameraden immer wieder hierher zurück.

Am Ende einer Dachschräge befand sich ein Verschlag, in dem man nur geduckt sitzen konnte und in dem es im Sommer sehr heiß war – nur noch die Dachziegel waren hier zwischen ihm und dem Himmel, von dem die Sonne herniederbrannte.

Dennoch liebte Martin diese Ecke, ja es war ihm, als sei er an keinem anderen Ort dieser Welt so geschützt wie hier, in diesem dunklen, engen Brutkasten, der sich für ihn weitete zu einem Ausguck über Land und Meer, von dem aus er seine Flüge und Wanderungen unternahm in die Ferne einer Welt, die er sich so erträumte, dass er sie bezwingen und zu seinem eigenen Reich machen werde. „Ich" und Welt, die sich am Vormittag in der Schule oft schmerzlich für ihn geschieden hatten, flossen hier wieder ineinander wie in den frühen Tagen seiner Kindheit – eine selige Einheit fand er hier mit sich und einer versöhnten Welt, die er wieder heilte in der Kraft seiner Phantasie, deren realen Erfahrungen er sich verwandelte in ein Land, das er, Martin, gestalten würde mit seinen Wünschen und Träumen, mit seiner Phantasie.

Und einmal würden alle Menschen anerkennen müssen, dass er ihnen so zu einer besseren Welt verhalf.

An einer anderen Stelle des Speichers hatte er sich das Cockpit eines Flugzeuges gebaut, er hatte dazu einen Stuhl und einen Draht benutzt, mehr brauchte er nicht, nun saß er dort oben auf dem Speicher seines Elternhauses und genoß die Freiheit des Fliegens, stand über den Dingen, flog über diese Welt, nie würde sie ihm zu einer

Last auf seinen Schultern werden, immer würde er sie unter sich haben, ihr weit überlegen sein.
Er war unendlich frei.
Das tagträumte er.

Es gibt doch zu denken, sagte er in einer unserer Therapiestunden einmal, dass der große, seiner Zeit und deren traditionellen Befangenheiten auf dem Gebiet der Sexualität weit überlegene Psychoanalytiker und Therapeut Sigmund Freud es nicht vermochte, sich von seiner eigenen Zigarrensucht zu befreien, ihr war er unterlegen.
Er hatte in Freuds Biographie gelesen, dass er als starker Zigarrenraucher über viele Jahre an Gaumenkrebs litt. Schon 1923 waren ihm der Gaumen und ein Teil des Oberkiefers entfernt und durch eine Prothese ersetzt worden, dennoch rauchte er weiter. In den folgenden Jahren wurde er dreißigmal operiert, im Alter von 83 Jahren ließ er sich in seinem Londoner Exil eine tödliche Dosis Morphium setzen, seine Mundhöhle war völlig zerstört.
Er, der sich so sehr um die Gesundheit anderer bemühte, achtete nicht auf seine eigene.
Wie erklären Sie sich das, fragte ich ihn.

Es ist eben so, analysierte er den Analytiker: Erkenntnis des Übels führt nicht not-wendig zu dessen Beseitigung und Überwindung.
Der in die größten, komplexesten Geheimnisse des Menschen vordringende Geist scheiterte an Zigarren.
Und wie bewerten Sie das, fragte ich ihn.
Er überlegte einen Augenblick, dann zeigte sich wieder sein sarkastischer Humor: Als Theologe zitiere ich: Der Geist ist willig, aber das Fleisch ist schwach. Er selbst, Freud, spricht ja vom Todestrieb.
Und, fragte ich ihn, können Sie dem als Theologe etwas entgegenhalten?
Der Buchstabe tötet, der Geist aber macht lebendig, zitierte er wieder.
Sie meinen den Geist Gottes? fragte ich.
Er nickte. Wenn es ihn denn gibt, mahnte ich ihn zur Skepsis.
Er antwortete nicht mehr.

Und das Wunder der Liebe hatte ihn mit ganzer Macht ergriffen, unbegreiflich, dass da ein Mensch an ihn dachte, sich nach seiner Nähe sehnte, es überwältigte ihn, er stellte sich ihr Gesicht, ihre Augen vor, sie war in ihm, sie erfüllte alle seine Gedanken, er liebte sie und wurde von ihr geliebt, es war ein Strom, der ihn

mitriss, eine Welle des Gefühls begrub ihn unter sich, um ihn dann wieder mit sich zu tragen und ihn weit hinaus in die Höhe zu wirbeln, und er schwebte minuten-, ja stundenlang in einem seltsamen schwerelosen Zustand.
Er war benommen, sein Glück schien ihm zu groß, es machte ihn zittern.
Und er fühlte den Drang, sich jemandem mitzuteilen, sein Glück in Worte zu fassen, um einen anderen Menschen teilnehmen zu lassen an dem, was ihn erfüllte, um die ihn überwältigende Flut seiner Gefühle aus sich herausfließen zu lassen hinein in diese Welt.
In einer Ecke des Speichers hatte er einen alten Tisch entdeckt, diesen hatte er unter eine Dachluke geschoben, sodass er Licht von oben bekam, und hier teilte er nun dem Papier mit, was er lieber einem Menschen gesagt hätte – aber auch in diesem Wunsch war er verletzt, ja tief gedemütigt worden, die natürliche Regung seiner Seele war gemordet worden, abgeknickt die zarte Pflanze „Vertrauen", die hatte wachsen wollen:
Einmal war er – überwältigt von der Kraft seiner Gefühle, ganz erfüllt von dem, was er innerlich erlebt hatte – vom Speicher hinuntergegangen, hatte seine Mutter gesucht, sie in ein Buch vertieft gefunden, hatte sich vor sie gekniet,

versucht, ihr Mitteilung zu machen von dem, was in ihm vorging, hatte auf eine Umarmung, ein Streicheln gewartet, stattdessen war sie von ihm abgerückt, eine Körperfeindlichkeit gepaart mit Egoismus gehörte zu ihrem Wesen, hinzu kam, dass sie sich den Habitus einer Vornehmheit zuzulegen versuchte, mit dem sie sich glaubte zieren zu müssen, weil ihr Vater Fabrikant gewesen war, der Besitzer jener Fabrik, in der ihr Mann nun arbeitete.

Ihr Sohn war ihr zwar wichtig, weil er ihren Ehrgeiz durch schulische Leistungen befriedigen konnte, seinem Liebesbedürfnis aber begegnete sie mit kalter Ablehnung, war es ihr bei ihren strengen Eltern, denen der „gute Ruf" der Familie über alles ging, war es ihr in den harten Kriegs- und Nachkriegsjahren, in denen man sich keine Gefühle erlauben konnte, war es ihr in ihrer Ehe anders ergangen, erfuhr sie nicht Körperlichkeit nur als Sexualität ohne Zärtlichkeit, war es da nicht konsequent, Gefühlen und erst recht solchen körperlicher Natur mit Nichtbeachtung, ja mit Verachtung zu begegnen?

So hatte sie ihren Sohn nach dessen „Gefühlsergüssen" nur streng angesehen und gesagt: „Du solltest nicht so viel allein sein, du kommst auf die unmöglichsten Gedanken, was soll nur aus dir werden, wie ist es eigentlich mit deinen Schularbeiten, hast du alles erledigt?"

Und als er genickt hatte, sagte sie: „Dann geh auf die Straße zu den anderen Jungen, du wirst sonst ganz merkwürdig, ein Einsiedler, aber von dieser Karin hältst du dich fern, wie du es uns versprochen hast, du bringst uns ja sonst noch in Verruf, Vater sagt auch schon, dass er sich schämt, einen solch seltsamen Sohn zu haben. Und reiz ihn nicht wieder, wenn er gleich von der Arbeit kommt."

Nein, es gab ja nichts mitzuteilen, dort, wo nur Ablehnung und Unverständnis war, da blieb das Sich – Zurückziehen in sich selbst, da blieb die Einsamkeit, da blieb ein leeres Blatt, das man mit Worten füllen konnte – und da blieb Karin und das Zusammensein mit ihr, das ihm all das gab, was er sonst vermisste.

6.

Ich betrat das städtische Asylbewerberheim, eine ehemalige Berufsschule, in deren Klassenräumen man nun die Asylsuchenden untergebracht hatte.
Ich hatte gemäß einem Vertrag mit der Stadt gemeinsam mit einem Sozialarbeiter für das reibungslose Zusammenleben der Bewohner zu sorgen. Da hier Menschen aus den verschiedensten Kulturen und Religionen auf engstem Raum versuchen mussten, miteinander auszukommen, herrschte oft eine konfliktreiche, spannungsgeladene Atmosphäre.
„Ihre Neger sollten Sie mal ein bisschen mehr auf Trab bringen, was die sich wieder einmal geleistet haben, wird ernste Folgen haben – auch für Sie, glauben Sie mir das," schimpfte der Hausmeister, der mich bereits am Eingang abfing, er musste schon ungeduldig darauf gewartet haben, endlich sein Mütchen an mir kühlen zu können. Ich hatte eine Antipathie, ja einen geradezu physische Abneigung gegen diesen Choleriker, den ich nicht ohne Alkoholfahne kannte, dessen durch Bluthochdruck und Alkohol und in diesem Augenblick auch noch durch den Zorn gerötetes Gesicht mir drohend immer näher kam, ja, ich hielt diesen Mann für völlig fehl am Platze, seine

Neigung zur Gewalttätigkeit konnte jederzeit ausbrechen und die angespannte Situation im Heim zur Eskalation bringen, mehrmals schon hatte ich im Sozialamt – allerdings vergeblich – darauf hingewiesen.

„Und überhaupt – wer nicht bereit ist, sich bei uns einzuordnen, wenn er schon von unserer Sozialhilfe lebt, der sollte sich schleunigst wieder nach Afrika begeben. Dann kann er ja dort auf die Bäume klettern, wenn ihm das hier bei uns in Deutschland nicht passt – sagen Sie denen das nur mit einem schönen Gruß von mir."

Ich hatte diese Betreuungstätigkeit angenommen, weil ich Integrationshilfe leisten wollte, hatte auch mit Schwierigkeiten und Vorurteilen gerechnet,

Menschen vom Schlag des Hausmeisters und ihren Dreistigkeiten gegenüber fühlte ich mich immer wieder zunächst völlig hilflos ausgeliefert.

Dies rührte, wie ich mir eingestand, einerseits von meiner angeborenen „Dünnhäutigkeit" und andererseits auch von Erlebnissen aus meiner Kindheit her, in denen mein autoritärer, Gewalt bereiter Vater eine besondere Rolle spielte.

Ich hatte bei diesem Besuch meinen Klienten Martin Weiss mitgebracht, er selbst hatte darum gebeten, als ich ihm von meiner

Integrationsarbeit erzählte, es war zwischen uns so etwas wie ein freundschaftliches Verhältnis entstanden, wir waren uns über das reine Arzt-Patienten-Verhältnis hinaus nähergekommen, ganz einfach deshalb, weil wir uns auch in unseren Veranlagungen nahestanden.

Auch wenn wir beide den Hausmeister um Haupteslänge überragten, so war uns dieser – als er sich jetzt drohend näherte, ja fast berührte und wir seinen schlechten Atem rochen – physisch überlegen, wir spürten die Hemmungslosigkeit und Brutalität dieses Mannes, ahnten, wozu er fähig war. Und der Hausmeister wiederum witterte bei uns die intellektuelle Überlegenheit der „Studierten", er beneidete mich durchaus um meine Sprachkenntnisse in Französisch und Englisch, mit denen ich ihm schon des Öfteren ausgeholfen hatte, ohne die eine Verständigung mit den Asylsuchenden aus den verschiedensten Herkunftsländern für ihn nur schwer oder überhaupt nicht möglich war. Seine gestenreiche Sprache, der er sich stattdessen bediente,
ging manchmal sogar in Handgreiflichkeiten über, wenn er etwa einen unsanft beim Arm packte, um ihm nachdrücklich auf etwas zu stoßen, das er zu tun habe, sein ganzes Verhalten war wenig geeignet, Kontakte oder etwa sogar Vertrauen aufzubauen. Er verachtete mich – das

ließ er mich immer wieder deutlich spüren – meiner Zurückhaltung wegen, die er als Schwäche auslegte, und diese Verachtung ließ er mich immer wieder durch verletzende Gesten und Worte spüren. Auch jetzt schnitt er mir mit einer verächtlichen Handbewegung das Wort ab, als ich nach dem Grund der Empörung fragen wollte:
„Ach was, mit Ihnen rede ich doch gar nicht mehr über so was, Sie halten ja doch zu denen. Es werden gleich einige Herren vom Ordnungsamt kommen und die Polizei bringen sie auch gleich mit, die werden den Burschen hier schon gehörig den Marsch blasen, damit sie endlich begreifen, was deutsche Zucht und Ordnung ist".
Es stellte sich für mich folgender Tatbestand heraus: Nachdem sie wochen-, ja monatelang auf engstem Raum zu acht Personen in einem Zimmer zusammengepfercht gelebt und mit angesehen hatten, wie der Raum nebenan ungenutzt verschlossen blieb, hatten einige der afrikanischen Asylsuchenden – alles ledige, jüngere Männer – die Tür aufgebrochen und den leerstehenden Raum in Besitz genommen. Trotz seiner häufigen Bitten hatte die Stadtverwaltung in Person des Sozialamtsleiters keine Anstalten gemacht, auch die bisher ungenutzten Räume der

ehemaligen Berufsschule für die Unterbringung von Asylsuchenden zur Verfügung zu stellen, Begründung: Es sei jederzeit mit der Zuweisung neuer Asylsuchender zu rechnen.

Dieses „jederzeit" hatte nun fünf Monate gedauert – auch die Erklärung, sich nötigenfalls jederzeit wieder aus den Zimmern zurückzuziehen, hatte die Stadtverwaltung nicht umstimmen können.

Mich hatte auch dies wieder an Erlebnisse in meiner Kindheit erinnert, Erfahrungen eigenen erlittenen Unrechts, die Brutalität des eigenen Vaters, die Straßenkämpfe unter Jugendlichen in einem sozialen Brennpunkt – mit großem Erschrecken war mir damals der Traum von einer gerechten Welt zerbrochen, in der das Recht des Schwächeren geachtet wurde, groß war auch immer meine Empörung darüber gewesen, dass der Starke jedes Unrecht, jede Entwürdigung, jedes Leid verüben konnte – ein sadistischer Junge aus meiner Klasse hatte schwächere Klassenkameraden gequält, getreten, sich geweidet an deren ohnmächtiger Ergebenheit, an ihrem Betteln um Gnade, es hatte mir gedämmert, dass ohne Kampf und Widerstand gegen das Böse keine Gerechtigkeit in dieser Welt sein werde und dass denen, die Leid erfahren hatten, die an Leib und Seele verletzt worden waren geholfen werden musste – meine Motivation dafür, Psychologe und Psychotherapeut zu werden um Menschen, wie diesen sensiblen Studenten neben mir helfen zu können.

Auch jetzt hatte ich – wie damals – Partei für die Schwächeren ergriffen.

„Ich verstehe, warum sie das gemacht haben", sagte ich auf Französisch zu Maurice, einem etwa fünfundzwanzigjährigen jungen Mann, der aus Zaire, dem ehemaligen Kongo, geflohen war, und zu dem ich ein besonderes Vertrauensverhältnis entwickelt hatte. „Aber wir werden eine Haufen Ärger bekommen, nicht nur mit dem Hausmeister."

Maurice war von fast vornehmer, intellektueller Wesensart, man sagte ihm nach, seine Brille trage er nur aus Imagegründen, die Gläser seien aus reinem Fensterglas. Er selbst war nicht an der „Besetzungsaktion" beteiligt gewesen, er war privilegiert dadurch, dass er seine Frau, Sara, und seine beiden kleinen Söhne, Daniel und David, mit nach Deutschland hatte nehmen können, hier in der ehemaligen Berufsschule hatte er für sich und seine Familie einen Raum allein. Des Öfteren hatte ich bei ihnen Tee getrunken, Sara hatte Französisch und Englisch studiert bis zu ihrer Flucht aus dem Zaire vor dem dortigen

Diktator und seinem Regime, gegen das sie gemeinsam gekämpft hatten, auch in den späteren Jahren betonte er immer wieder, dass er keinesfalls zu den Migranten oder Wirtschaftsflüchtlingen gehöre, sondern verfolgter Flüchtling sei.

Wir hatten lange Diskussionen miteinander über poltische und philosophische Fragen, es ging dabei zuletzt immer um Fragen, wie der nach Gerechtigkeit und Freiheit, ob man das Recht habe, Gewalt einzusetzen gegen Gewalt, um der Demokratie gegen Diktatur, Korruption, Unrecht zum Sieg zu verhelfen – Maurice konnte sich dabei sehr ereifern, während seine Frau immer stiller wurde, es war für mich deutlich spürbar, dass sie die Hitzigkeit und Einseitigkeit ihres Mannes nicht billigte, ihm aber auch nicht wiedersprechen wollte, mitunter sah sie mich nur wie um Verständnis und Entschuldigung bittend an, so schämte sie sich für das Verhalten ihres Mannes, es schien ihr oft peinlich, wie betont intellektuell und gebildet ihr Mann erscheinen und sich mit seinen Ansichten wichtig machen wollte.

Im Gegensatz zu ihm war sie von wirklich feiner, intelligenter Wesensart, hatte es deshalb aber nicht nötig, dies nach außen zu demonstrieren.

„Man hat uns sie wie Tiere auf engstem Raum zusammengepfercht, man hat ihnen die leeren Räume aus reiner Schikane verweigert, jetzt haben sie von ihren Menschenrechten Gebrauch gemacht", erklärte Maurice trotzig, man spürte, wie tief er sich in seinem Stolz verletzt fühlte.
Vier Betten hatten die jungen Afrikaner bereits hinübergeschafft, ihr lange aufgestauter Zorn über die demütigende, schikanöse Behandlung hatte sich endlich entladen, mit vor Erregung flackernden Augen saßen sie auf den ausgedienten Matratzen als gelte es, ein erobertes Terrain vor dem Feind zu verteidigen.

x

Das gemeinsame Abendessen war für mich immer eine Qual, berichtete Martin Weiss in einer unserer Sitzungen, ja ich fürchtete und hasste diese Augenblicke, in denen ich meinem Vater und dessen Launen ausgeliefert war, seinem Spott, seiner Verachtung nicht ausweichen konnte.

Die Frage, „Na, was hat denn unser Spinner heute wieder in der Schule gelernt", war nicht einmal gehässig, nur verachtungsvoll- gönnerhaft gemeint und erwartete sofortige gehorsame

Antwort, sonst würde es seinerseits ein „Machtwort" geben – dies war eines der bevorzugten Ausdrücke der Eltern und stammte noch aus ihrer eignen Erziehung in einer Diktatur.

Aber solche und ähnliche Sätze seines Vaters trieben Martin die Zornesröte ins Gesicht, er wäre am liebsten vom Tisch aufgesprungen, aber er fürchtete en Jähzorn seines Vaters und die Schläge, die dann zu erwarten waren, und selbst, wenn es ihm gelungen wäre, vor seinem Vater den Speicher zu erreichen und abzuschließen, er wäre seine „Bestrafung nicht entgangen" – so zog er sich nur innerlich in sich zurück, beantwortete seines Vaters Verachtung mit der eigenen, antwortete nicht, teils im Trotz, teils weil er sich gekränkt und wie gelähmt fühlte.

Aber sein Vater provozierte ihn um sie mehr, er hatte das Recht auf eine Antwort, seine Autorität stand auf dem Spiel, hatte er tagsüber in der Fabrik für seinen Chef „den Rücken krumm machen" müssen, so hatte nun sein Sohn gefälligst seine Launen zu ertragen, sich ihm unterzuordnen und seinem Willen zu gehorchen. Hielt er ihn auch für einen Schwächling seiner weicheren, sensibleren Natur wegen, so fühlte er sich doch durch seine intellektuelle Überlegenheit ständig provoziert und angegriffen, ja in seiner Autorität als Vater in Frage gestellt. Hinzu kam, dass er selbst nur von untersetztem, stämmigem Körperbau war, sein Sohn ihn aber schon jetzt um Längen überragte, eine Tatsache, derentwegen er ihn zu demütigen suchte, wo er nur konnte.

Und Martin, sein Sohn – er war ja in vielem das genaue Gegenteil seines Vaters, woran sollte sich aber seine eigene Männlichkeit bilden als an der seines Vaters – dessen Robustheit und physischen und psychischen Stärke ihn einerseits beeindruckten, von dem er sich andererseits aber gerade in seiner sensibleren, nachdenklicheren Art und erniedrigt fühlte.

Es hat sich bei Ihnen – so diagnostizierte ich in einer unserer Sitzungen – eine tiefe Abneigung, ja Angst vor Ihrem Vater herausgebildet, vor der rohen Kraft, der ständigen Gewaltbereitschaft, die von ihm ausging. Und auch wenn es nicht zu Schlägen kam, so war die physische Bedrohung latent doch jederzeit da, ein "Machtwort", wie sich Ihr Vater ausdrückte – was war es anderes als die Androhung von Gewalt?

Bewunderte er in gewisser Weise auch die Kraft, die von seinem Vater ausging, so entwickelte er doch zunehmend auch eine Abneigung gegen die Einseitigkeit, das Unverständnis, die Gefühl- und Geistlosigkeit, die ihm hier entgegenschlug, wesentliche Anteile seines Selbst konnten von seinem Vater gar nicht wahrgenommen werden. Zwar hasste und verachtete er das Weiche in sich und wäre es oft gerne losgeworden, aber er wusste, mit ihm verlöre er auch sein differenziertere Empfindungsvermögen – dies wäre dann eine primitive Existenz, die er auf der Straße von vielen seiner Kameraden vorgelebt bekam, eine unreflektierte, einfache Existenz, die stark machte, aber arm zugleich, und die er verachtete und für sich ablehnte, die ihm auch gar nicht möglich gewesen wäre, es gab für ihn nur zwei Wege, auf denen er entkommen konnte: Der eine war das Alleinsein, es bedeutete für ihn, frei zu sein, er war glücklich, bei sich selbst sein zu können, den Entfremdungen durch die Menschen um ihn her, auch durch Vater und Mutter entgehen zu können und ganz bei sich selbst zu sein.

Und es war die Liebe und das tiefe Verständnis, die ihm von diesem vitalen und zugleich sensiblen Mädchen entgegengebracht wurden – sie war wie eine Erlösung aus einem Konflikt, an dem sein Ich sonst vielleicht zerbrochen wäre, sich aber so nun doch bilden, zu sich selbst finden konnte, aber eben nur durch sie und mit ihr gemeinsam.

In seiner Beziehung zu ihr erlebte er Freiheit, erlebte er sich selbst intensiv als eigenständig, ein intensives Selbstwertgefühl, ja eine beglückende Selbsterfahrung seelischer und körperlicher Natur wurde ihm durch ihre Liebe so geschenkt – es war wie Heilung dessen, was er sonst an Verletzungen durch seine Mitmenschen erfuhr.

Hatte er sonst oft das Gefühl, eine Leere in sich zu haben, die ihn fast zur Übelkeit reizte, eine rasende Angst davor, sich selbst in Nichts aufzulösen angesichts der Menschen und deren Kräfte, die ihm zu stark waren,

so fand in der Zuneigung zu ihr ein Lebensgefühl, das so gesteigert war, dass er trotz seiner fast krankhaft übersteigerten Empfindsamkeit immer wieder die Kraft zum Leben und zum Überwinden seelischer Verletzungen fand.

Aber latent begleitete mich die Angst vor der Gefährdung meines Ichs durch den Machtanspruch, die Gewalt anderer über mich noch heute, erzählte Martin Weiss mir in meiner Praxis. Es sind gerade immer die unsensiblen Menschen, etwa der Hausmeister im Asylheim, denen gegenüber ich mich wehrlos und ausgeliefert fühle, wohl deshalb, weil sie damals an diesen krank geworden ist. - Er sah aus dem Fenster hinaus, wir hörten unten im Hof Kinder spielen, jetzt war er wieder mit seinen Gedanken und Gefühlen ganz in seiner Vergangenheit, in seiner Kindheit und Jugendzeit. Vielleicht bin ich ja auch mit unserer Liebe aus der Realität geflohen, sinnierte er, sie war einfach nicht zum Aushalten für mich. Aber sie holt mich ja immer wieder ein mit dem Gesetz auf das Recht des Stärkeren, physisch, nervlich, seelisch. Auch dieser Hausmeister war uns ja mit seiner Brutalität beiden überlege, seine Drohgebärden waren unmissverständlich, sie erinnerten mich an meinen Vater. Körperliche Nähe habe ich von meiner Mutter nie erfahren, und von meinem Vater, ich erzählte es Ihnen, ging etwas Gewaltsames aus, das sich immer wieder entlud.

So war für Martin Weiss Körperlichkeit und Nähe überhaupt etwas Verdächtiges, Bedrohliches, vor dem er sich in das Reich seiner Phantasie zurückzog, er wäre zum Autisten geworden, hätte diese seine Entwicklung nicht ihre lebensnotwendige Korrektur durch die frühe

Liebe zu einem Mädchen, in ihr erfuhr er Annahme, durch sie blieb ihm das Leben lebenswert.

Sein Vater hatte einmal, als er auf seine provozierende Frage hin nur trotzig geschwiegen hatte, Martins Arm genommen, und ihn auf den Tisch geschlagen. „Man sitzt bei Tisch nicht mit aufgestütztem Arm", hatte er danach grinsend erklärt, „das muss du doch als Gymnasiast eigentlich wissen." Diese und ähnliche kleinere und größere demütigende Demonstrationen der Macht und des Rechtes des Stärkeren hatten Martin erkennen lassen, dass es in der Machtfrage keine Kompromisse, sondern nur ein Entweder-Oder gab, ein Über-den- anderen-Herrschen oder ein Sich-dem-anderen-Unterordnen. Es gab nur Unterwerfung oder Sieg, Trotz und Erniedrigung auf der einen, Häme und Triumph auf der anderen Seite, Primitivität siegte über Sensibilität, die "Ordnung" der Stärke aber blieb gewahrt, Herrschaft hatte sich selbst geschützt, der Machtanspruch wurde durch Machtausübung bewahrt. Wie weit aber die Unterwerfung ihn zerstörte, das Ausmaß seiner inneren, seelischen Verletzungen – er ahnte selber nicht, wie nah er dem Abgrund der Selbstaufgabe war, der Zerstörung seines Ichs mitunter war, dem

Zerbrechen seines Willens durch den eines Stärkeren – dies blieb eine Urerfahrung, die ihn sein Leben lang begleitete, diese Kränkung heilte nie mehr, wie sollte sie auch, erkannte er doch bald, dass sein Vater nur Teil einer überhaupt kranken, zutiefst deformierten Welt war, in die auch er, Martin, hineingeboren war, angefangen von der Familie bis hin zur Gesellschaft und zur Völkerwelt, überall regierte ja die Ichsucht und das Recht des Stärkeren, er diktierte dem Schwächeren seine Gesetze und setzte sie notfalls mit Gewalt gegen ihn durch, das war in kleinen wie in großen Konflikte, in Kriegen immer dasselbe Prinzip.

Oft wünschte er sich, überhaupt nicht geboren zu sein, er wusste nicht, ob er überhaupt fähig sein würde, in dieser zerstörten Welt zu leben, aber die Zuneigung dieses Mädchens, sie war zwar keine Bewältigung seiner Probleme, aber sie war in diesen Konflikten eine Kraftquelle für ihn, sie half ihm, an der Erfahrung einer ihn zutiefst enttäuschenden Welt nicht zu zerbrechen, nicht gleich aufzugeben da, wo er diese Welt gerade erst kennenzulernen begonnen hatte: Am Anfang seines Lebens.

Und er verließ seinen Vater und seine Mutter und alle Erwachsenen und die Welt, die einfach so nicht sein durfte wie sie war, er verließ sie und richtete dagegen mit diesem Mädchen und ihrer Liebe zueinander seine eigene Welt auf, in der es gerecht und liebevoll zuging.

7.

Sehr nahe fühlte er sich in diesen Augenblicken nach den Demütigungen, den angedrohten oder vollzogenen Schlägen seines Vaters in der Dunkelheit des Speichers dem Gekreuzigten, dessen Bild er in jener dunklen Kirche gesehen hatte, als er nach der Schule auf dem Heimweg an jenem heißen Sommertag vor dem Eingang stehen geblieben war und neugierig und unschlüssig zugleich in das Kircheninnere hineingesehen hatte.
Ein Gottesdienst hatte gerade stattgefunden, auf dem Altarbild war der Gekreuzigte abgebildet, er ließ den Kopf seitlich auf die schulter hängen,
es war wohl der Augenblick, als er „seinen Geist aufgegeben hatte" - und Martin war es erschienen, als hätten die Gläubigen, die sich in dem dunklen Kirchenraum versammelt hatten, eine geheimnisvolle unsichtbare Verbindung zu diesem Mann am Kreuz, und auch er fühlte sich von ihm seltsam angezogen, es war ein Ahnen, dass in diesem Mann, der dort so traurig, aber auch ergeben seinen Kopf hängen ließ, auch das Leid seines Lebens und zugleich sein Ertragen beschlossen liegen könnten.
Er war dann wieder hinausgetreten auf die Straße in das Sonnenlicht - aber es war nicht mehr wie

vorher gewesen, das hatte er deutlich gespürt, sein Unterbewusstes hatte etwas mitgenommen, das ihn nun sein ganzes Leben lang begleiten würde.

Und dies blieb ihm auch noch, wenn ihn die Demütigungen durch seinen Vater in tiefe Dunkelheiten stürzten, auch hier war die Erinnerung an den Blick auf den Gekreuzigten, wie er sein Haupt sinken ließ, ein Trost, eine Einladung, sich dorthinein mit seiner Kränkung zu bergen, es nahm nicht gleich den Schmerz der Verletzung, aber er hielt das Erlittene nicht mehr so fest, es war wie Erlöser-, Abgeben – am Ende würde es vielleicht auch einmal so etwas werden wie Vergeben. War ihm dieser Gekreuzigte in der erfahrenen Lieblosigkeit und Grausamkeit, dem Unverständnis der Menschen und in seiner Einsamkeit nicht ganz nahe, und er also nicht allein im Schmerz seiner Gefühle? Seine Gefühle der Mutter gegenüber waren zwiespältig, er spürte deutlich den stillen Vorwurf, den sie ihm machte, dass er in seiner Art den Vater provozierte, und er war zornig über sie, dass sie aus Angst vor den Zornesausbrüchen seines Vaters schwieg oder sich auf seine Seite stellte, dass er so zum Blitzableiter für ihre versteckten, gegenseitigen Aggressionen herhalten musste.

Um vor sich selber den Schein einer heilen Ehe und Familie aufrecht zu erhalten, machte ihn die Mutter zum Sündenbock – er hasste sie dafür, aber gleichzeitig hatte er Mitleid mit ihr, spürte, dass sie ohne diese illusionäre Scheinwelt nicht leben konnte, wollte ihr diese auch nicht zerstören.

Umso mehr aber sehnte er sich nach einer echten Menschlichkeit, einer Welt, in der Menschen unverdorben durch Gier, Neid, Herrschsucht und Egoismus bei sich und ihren Mitmenschen sein konnten: Nach einer Tischgemeinschaft, die es wert war, so genannt zu werden, die so ziemlich das Gegenteil von der gewaltsamen Atmosphäre sein musste, wie er sie bedrückend jeden Abend zu Hause erlebte, die eben nicht auf Gewalt, sondern auf Liebe aufgebaut war.

Dass Menschen nur mit Gewalt und im Kampf gegen andere ihre Position, ihre Ansprüche durchzusetzen vermochten statt durch Liebe und Güte und gegenseitige Rücksichtnahme – diese Grunderfahrung in seiner Familie begleitete ihn sein Leben lang und kränkte ihn immer wieder aufs Neue.

Dass seine Sehnsucht nach Liebe, Gerechtigkeit und Frieden durch Gewalt und Willkür enttäuscht wurden – dies war die durchgängige Erfahrung seiner Kindheit, er machte sie auf der

Straße und im Elternhaus, in der Schule durch eine in sich und ihre Konventionen gefangene Lehrerin, und sie wurde ihm bestätigt durch das, was er aus den Berichten der Erwachsenen über die Auseinandersetzungen und Kriege zwischen den Völkern hörte.

Solange dürfe er nicht mehr bei ihnen mitmachen, wie er nicht aus seines Vaters Bäckerei für ihn ein Teilchen, eine Rosinenschnecke, besorgt habe – Martin hatte diese Szene aus einigem Abstand beobachtet, die älteren Jugendlichen aus seiner Straße hatten den Sohn des Bäckers zum Diebstahl gezwungen, einige Zeit hatte sich dieser zwar gesträubt, hatte unter Tränen gegen diese Demütigung protestiert, aber der älteste unter ihnen, der Anführer, hatte nicht nachgegeben, hatte auf dieser Unterwerfung, auf dieser Demütigung bestanden – und schließlich hatte der Bäckerssohn klein beigeben und ihm das Teilchen aus dem Geschäft seines Vaters stehlen müsse.
Solche und ähnliche Erlebnisse hatten Martin in der Erkenntnis bestärkt: Es gab in dieser Welt keine feste Friedensordnung, es fehlte das vollkommene Band der Liebe zwischen den Menschen, jederzeit und an jedem Ort konnten

die Beziehungen zwischen den Menschen zerbrechen – warum aber hatte er in sich dann diese Sehnsucht nach einer gerechten Ordnung zwischen den Menschen, nach Frieden?
Warum empfand er dann solche Willkür als zutiefst kränkend?
Auch die Auseinandersetzung zweier Brüder würde er nicht vergessen, es waren Zwillinge gewesen, es war zwischen ihnen zum Streit gekommen, der so erbittert ausgefochten wurde wie Martin es zwischen Brüdern nicht für möglich gehalten hätte:
Hier, sieh dir diesen Stein an, hatte der eine den anderen bedroht, den werde ich dir auf die Füße werfen, wenn du nicht hochspringst, und dabei war sein Gesicht von Wut verzerrt. Und der andere hatte laufen und springen müssen, aber zuletzt hatte es ihm doch nichts geholfen, der Bruder hatte den Stein nach seinem Bruder geworfen, es hatte einen Aufschrei gegeben, der Getroffene war gestürzt, aber der Werfer hatte triumphierend gegrinst und war davongelaufen. Sein Gesicht war nun nicht mehr wutverzerrt gewesen, sondern voller Genugtuung über den Schmerz, den er seinem Bruder zugefügt hatte, wohl ein Akt der Vergeltung für selbst erlittenes Unrecht.

Martin spürte sie noch lange, diese Schmerzen, die der Worte, ebenso wie die der Schläge, er war überaus empfindlich gegenüber den Grausamkeiten, mit denen Menschen – waren es Kinder und Jugendliche, waren es Erwachsene – einander niederzumachen versuchten, am meisten verletzte es ihn, wenn seine Eltern mit boshaften, gemeinen Unterstellungen über sein Verhältnis zu Karin sprachen.
„Wir verbieten dir ein für alle Mal jeden weiteren Umgang mit diesem Mädchen," sagte die Mutter. „Wir schämen uns für dich, was sollen die Leute über uns denken, wie wir dich erzogen haben. Ich merke doch schon, wie die Nachbarn über uns reden."
„Treibt sich in seinem Alter schon mit Mädchen herum", sagte der Vater.
„Ich mache in der Firma den Rücken für ihn krumm, mache Überstunden, damit der feine Herr auf das Gymnasium kann, und was macht er:
Macht sich in seinem Alter schon an Mädchen heran."
Es fehlte ihm völlig an Verständnis für die Sensibilität und Genialität seines Sohnes.
Wenn er über sein Selbstmitleid dann in Rage hineingeriet, konnte der Vater sich unvermittelt vom Stuhl erheben, hinter Martin treten und auf

ihn einprügeln, dieser versuchte sich vor ihm zu schützen, indem er sich duckte und die Hände über seinem Kopf hielt.

Was ihn dabei am meisten schmerzte waren nicht die Schläge, nein, dass Menschen überhaupt so werden konnten, vielleicht durch eigene Erfahrung von Lieblosigkeit und Härte – das erschreckte ihn zutiefst.

Dass sie ihm so fremd waren, dass sie nicht im Entferntesten ahnten, worum es bei ihm und Karin ging, dass sie gar nicht in der Lage waren, dies zu verstehen und nachzuempfinden und jeder Versuch, es ihnen zu erklären, sinnlos sein würde, das ließ ihn schier verzweifeln, denn wie sollte er überhaupt noch mit ihnen zusammenleben? Aber er war ja angewiesen auf sie, auf ihre finanzielle Unterstützung, er war abhängig von ihnen noch über Jahre hinweg.

Fremde wurden sie für ihn, nichts verband ihn innerlich mehr mit ihnen, ja er musste sie ja verachten, weil sie in einer für ihn völlig unverständlicher Weise etwas Reines, Schönes in den Dreck zogen, und damit auch die Achtung, das Vertrauen, die Liebe, die er eigentlich für sie empfinden wollte, zerstörten.

Jene in diesem Alter so nötige Bildung und Reifung seines Ichs, die er eigentlich durch Vater und Mutter hätte erfahren müssen, er bekam sie

nicht, er drohte an diesem Mangel, der sich ihm wegen seiner Empfindsamkeit zu tödlicher Kränkung verstärkte, zu zerbrechen, vielleicht hätte er in dieser Zeit seinem Leben ein Ende gemacht:
Da ihm durch die Nichtachtung und Kälte seiner Eltern statt Wertschätzung Verachtung vermittelt wurde, wäre ihm das Wegwerfen seines Lebens vielleicht als mögliche Konsequenz erschienen.
Jedes Selbstwertgefühl wurde ihm genommen, statt zur Orientierung für die eigene Selbstfindung wurde ihm der Vater zum Symbol alles dessen, was er fürchtete und hasste, zum Inbegriff einer Welt, die seine eigene bedrohte. So wäre er zumindest in eine völlige seelische Isolation geraten, wenn da nicht ein vitales, tapferes Mädchen gewesen wäre, das sich zum Ziel gesetzt hatte, diesem Jungen, der sie brauchte und den sie gernhatte, zu helfen.

X

Was hatte ich nicht schon alles an vertrauensbildende Maßnahmen unternommen, um die Asylbewerber zu integrieren, und dann jetzt dieses:
Ein eingesperrter Hausmeister in einem Asylheim, der auch noch an Klaustrophobie litt,

einen Anfall bekommen hatte und nun vom Notarztwagen in das Krankenhaus gebracht wurde.

Als Täter kamen nur die Asylsuchenden in Frage, Polizisten verhörten sie bereits, er sah ihre verschlossenen, trotzigen, niedergeschlagenen Gesichter, er ahnte, dass die gegenseitige Akzeptanz und Integration, die er in der Stadt angestrebt hatte, durch diesen Vorfall in weite Ferne gerückt waren. Die eigentlichen Ursachen, die als Auslöser hinter diesem Vorfall standen, würden nicht zur Sprache kommen, die Schikanen seitens der Stadtverwaltung und eines Hausmeisters, der sich mehr als Sklavenaufseher denn als Betreuer verstand, der den Hass geradezu provoziert hatte – bestätigt werden würde dagegen wieder alle die, die schon immer gesagt hatten, es gäbe zu viele Ausländer in dieser Stadt, es seien doch meist nur "kriminelle Elemente", die hierhergekommen seien.

Es bedeutete auch keinen Triumph für mich, den Hausmeister mit aschfahlem Gesicht in sich zusammengesunken auf dem Rücksitz des Notarztwagens zu sehen, nein, dieser Mann allein war nicht das Problem, man würde ihn schnell ersetzen durch einen, der von ähnlicher Art war – das eigentliche Problem aber war grundsätzlicher Art, es war das Problem damit, wie soziale Probleme überhaupt angegangen wurden: Mit restriktiver Gewalt auf der einen und mit Gegengewalt auf der anderen Seite.

Nun hatten sich die Asylsuchenden hinreißen lassen zu einer zwar menschlich verständlichen, aber ganz und gar verhängnisvollen Tat, einer Straftat, die ihnen wahrscheinlich die Abschiebung in ihre Herkunftsländer, oder aber zumindest die Verlegung in andere Asylheime einbringen würde.

Maurice erzählte mir dann den genauen Hergang, wie es immer kälter in den Räumen geworden sein, wie sie sich bei dem Hausmeister erkundigt hatten, warum die Heizung ausgefallen sei, wie dieser ihnen grinsend als Grund eine Strafmaßnahme für ihre unerlaubte Umzugsaktion angegeben habe, und wie sie daraufhin „durchgedreht" seien. Man habe einfach die Nerven verloren, alle aufgestaute Wut gegen den grausam-sadistischen Hausmeister habe sich nun entladen, sie hätten ihn in einen Kellerraum gesperrt, der ebenso ungeheizt gewesen sei wie ihre Räume, nun habe er selber am eigenen Leibe erfahren sollen, was es heißt, in einem kalten Raum zu frieren, dass er eine Phobie vor engen, geschlossenen Räumen habe, das habe man nicht gewusst, sein Schreien habe man für das übliche Gezeter gehalten, das er auch sonst anstelle.

Für mich war dies eine Niederlage auf der ganzen Linie, Hass und Gewalt hatten wieder einmal gesiegt, mein Patient und Freund Martin Weiss, dem ich davon erzählte, erkannte wieder einmal die negativen, zerstörerischen Kräfte am Werk, denen er sich so schmerzvoll bereits in seiner Kindheit und Jugendzeit ausgesetzt gesehen hatte.

Denn Gewalt hatte Gegengewalt hervorgerufen, die Vertreter der Stadtverwaltung, die herbeigeeilt waren, um das bestätigt zu finden, von dem sie immer schon gewusst hatten, dass es einmal so kommen musste, zeigten mir nun unverhohlen ihre Missbilligung und Verachtung.

Die Polizeibeamten verhielten sich fair, sie behandelten den ganzen Vorgang mit der üblichen Sachlichkeit, mit beruflicher Routine, sie ließen sich den Raum zeigen, in dem der Hausmeister gefangen gehalten worden war, machten Fotos und notierten die Aussagen der Beteiligten.

Danach mussten einige der Asylsuchenden, die der Hausmeister als Hauptradelsführer angegeben hatte, in die bereitstehenden Polizeiwagen steigen, es waren meist jüngere Männer, auf deren Gesichter jetzt mehr Angst als

Trotz stand. Allerdings ließen sich einige von ihnen beim Abtransport auch zu abfälligen Gesten hinreißen, die von den Reportern im Bild festgehalten und veröffentlicht wurden und die Atmosphäre in der Stadt noch einmal aufheizten.
„Ich kann im Augenblick nichts für euch tun," sagte ich bedauernd, während ich einige Hände drückte, aber selbst diese Geste blieb schwach, nicht einmal ihre gesenkten Köpfe hoben sie, jedem dämmerte langsam, welche verhängnisvollen Folgen ihr Zornesausbruch haben würde, und dass nicht sie, sondern wieder einmal die Häme und Niedertracht des Hausmeisters gesiegt hatten.

8.

Wieder stand er vor dem kleinen Haus, in dem sie gewohnt hatte, auf einer Anhöhe über dem Tal, in dem der Straßenverkehr brodelte, die aufgeregte, fiebrige Geräuschkulisse der Stadt war für ihn untrennbar verbunden mit den Erinnerungen an jene Zeit, in der ihn das Wunder der Liebe erfasst und ihm geholfen hatte, die Kränkungen erster und damit schwerster Leiderfahrungen zu ertragen.
Nichts hatte er vergessen, nicht das kleinste Detail, an alles erinnerte er sich, als sei es gerade eben erst geschehen, er hörte in sich wieder die Schlager, die sie damals gemeinsam am Radio gehört hatten, ihre Köpfe hatten sich dabei wie von selbst aneinandergeschmiegt – zunächst ständig in Angst, ihre Eltern kämen plötzlich ins Zimmer hinein, dann später, in Herrn Sperlings Gartenlaube vor seinem alten, aber noch funktionstüchtigen Apparat war es ein unbeschwertes Vergnügen gewesen. Töne, Worte, Blicke, Gerüche überschwemmten Martin mit einer fast physischen Gewalt, die Vergangenheit wurde stärker als das gegenwärtige Erleben.
Die Klassenfahrt fiel ihm ein – sie sollte das Schuljahr beschließen, eigentlich sollte sie

gemeinschaftsfördernd sein, aber es hatte sich unter den Jungen ein Rivalitätskampf entwickelt, in dem einer den anderen durch Bandenbildung niederzumachen versuchte, und diese Aggressivität bekamen Martin und Karin besonders zu spüren.

Frau Rose, die Klassenlehrerin, spürte diese gespannte Atmosphäre, hatte auch Angst vor ihrer möglichen Entladung bei diesem Ausflug – dass ihr aber ihre Schüler so gemein und hinterhältig mitspielen würde, wie es dann geschah, hatte sie wohl nicht vermutet.

Der Tag versprach sonnig und heiß zu werden, schon auf dem Weg zur Schule morgens um halb acht glänzte der Asphalt der Straße, am Mittag, so dachte Martin, würde es in der Stadt unerträglich sein, der Asphalt würde die Hitze unerbittlich zurückstrahlen – aber sie würden dann ja irgendwo im Grünen sein – auf diese Klassenfahrt heute hatte er sich sehr gefreut.

Es hätte so ein so schöner, unbeschwerter Tag werden könne, der nur ihnen beiden gehörte, so vielversprechend, so verheißungsvoll lag er vor ihnen – wie ihre Liebe. Dem missbilligenden Blick ihrer Lehrerin, Frau Rose, hatten sie standgehalten, sie hatten sich schon vorher miteinander besprochen, dass sie sich auf dieser Fahrt auf keinen Fall durch ihre Klassenlehrerin

trennen lassen würden; hatten sie es auch hingenommen, im Klassenzimmer nicht mehr nebeneinander sitzen zu dürfen, so würden sie sich doch auf der Klassenfahrt nicht voneinander trennen lassen.
Zwar hatte es eine Zeit gegeben, da es Martin peinlich war, wenn Karin sich in den Pausen auf dem Schulhof zu ihm stellte, es hatte ihn verlegen gemacht, wenn sie ihn an der Hand fasste und mit sich zog, das Kichern der anderen Mädchen und der Spott seiner Kameraden hatten ihm die Schamröte ins Gesicht getrieben, aber sie hatte ihm mit ihrem Lachen und ihrer unbeschwerten Fröhlichkeit darüber hinweggeholfen
So saßen sie glücklich nebeneiander und es hätte ein schöner Ausflug für sie werden können, wenn da nicht "die anderen" gewesen wären, ihre Gemeinheit und Bosheit, ihr Neid und ihre Missgunst – und Martins große Verletzbarkeit.
Und ihr, Karin, ging es an diesem Tage wieder nahe, wie leicht verwundbar, wie wehrlos er gegenüber den Rohheiten der anderen war, schon Hartmuts Gebaren, sein provozierendes Grinsen, seine Art, wie er sich von seinem Sitz einige Reihen vor ihnen im Bus immer wieder zu ihnen umsah, reizten Martin – und je mehr Hartmut spürte, dass sich Martin reizen ließ, um so mehr

verstärkte er seine Provokationen, er machte sich vor den anderen über ich lustig, diese brachen in Gelächter aus, es war offensichtlich, dass er es darauf anlegte, Martin zu provozieren. Er hatte um sich seine Kumpane, die ihn bewunderten und jedem seiner Befehle sofort nachkamen, es war unter ihnen schon ausgemacht, dass sie Martin heute „fertig machen " würden.

Martin begann, vor Wut zu schwitzen, seine Handinnenflächen waren feucht, Karin, die seine Hand festhielt, spürte es.

„Du musst ihn gar nicht beachten", flüsterte sie ihm ins Ohr.

„Wenn er merkt, dass er dich nicht wütend machen kann, lässt er es sein.

Aber wenn du dich aufregst, ist er der Stärkere und er macht immer weiter. So sind sie eben, sie wollen andere quälen. Aber wenn sie merken, es gelingt ihnen nicht, dann lassen sie es sein"

Martin war verzweifelt, er konnte wieder einmal nicht begreifen, wie Menschen „so" sein konnten.

„Aber warum, warum tun sie das, nichts haben sie im Kopf, sie lassen sich nur einfach gehen – und freuen sich, wenn andere vor ihnen Angst haben. Sie fühlen sich stark, wenn Sie anderen weh tun. Nur weil sie so grausam sind, sind sie so stark. Aber gar nichts sind sie – nichts."

Tränen der Wut traten in seine Augen, Karin drückte ganz fest seine Hand, sie fühlte wieder, wie sehr er sie brauchte und an dieser Verantwortung wuchs sie innerlich.

„Wir lassen uns diesen Tag von ihnen nicht vermiesen", sagte sie.

„Sie merken, dass du anders bist als sie, sie denken, du willst etwas Besseres sein, deshalb hassen sie dich – und weil sie wissen, dass sie mit dir nicht mithalten können, sind sie neidisch."

Wie lieb ich sie habe, dachte Martin und sein Gefühl für sie überwältigte ihn wieder einmal, es war fast zu viel für seine sensible Seele, wenn er sie ansah, ihr liebes Gesicht, ihre strahlenden, vergnügten Augen, mit denen sie ihn zärtlich anlächelte, ging es ihm durch und durch, sie hatte genau das, was er brauchte, mit ihrer Fröhlichkeit und ihrem Optimismus holte sie ihn immer wieder aus seiner Introvertiertheit heraus, in die er sich zurückzog. Sie war sein Sonnenschein, ohne den es für ihn kein Licht mehr gab, ohne den er nicht mehr leben konnte und wollte.

Karin hatte für sie beide eine Saftflasche mitgebracht, sie reichte sie Martin, aber bevor dieser sie an den Mund setzen konnte, hatte

Hartmut sie ihm schon aus der Hand geschlagen, der Saft floß über Karins Hose und auf das Sitzpolster.

„Das war nicht meine Schuld", erklärte Hartmut und grinste provozierend. „Du hast geschlabbert, das tut man nicht – oder willst du vielleicht behaupten, ich hätte dich gestoßen." Er wusste genau, wie er einen anderen Menschen reizen konnte bis aufs Blut, und er genoss es, hatte er sonst doch nur wenige Erfolgserlebnisse, hier, auf diesem Feld der Gemeinheit und Niedertracht konnte er sie sich holen. Und warnend ballte er seine Faust, so schüchterte er alle ein, es gab für ihn nur das Mittel der rohen Gewalt, diese entschied über Recht und Unrecht, alles andere akzeptierte er nicht, es war eben so, wie sein Vater zu Hause mit ihm selbst, seinen Geschwistern und seiner Mutter umging, es galt das Faustrecht, das Recht des Stärkeren.

So hatte er die Klasse unter seiner Knute gebracht, kaum einer wagte es noch, gegen ihn anzutreten, er galt als brutaler Schläger, der rücksichtlos so lange zuschlug, bis der andere blutend am Boden lag, Martin hatte dies selber mehrere Male mit ansehen müssen.

Frau Rose, ihre Lehrerin, nahte, sich den Schaden zu besehen, sie errötete vor Erregung, wie sie es stets tat, wenn eine Situation sie

überforderte, sie wollte energisch auftreten und fasste Hartmut am Arm, dieser aber schlug ihre Hand zurück und schrie: „Fassen Sie mich bloß nicht an, das sag` ich meinem Vater, der hat schon mal eine Frau totgeschlagen."
Frau Rose trat den Rückzug an, ihre Autorität war hier ohnehin nicht mehr zu retten, ihren Spitznamen „Frau Kaktus," den man ihr höhnisch nachrief, überhörte sie, setzte sich wieder neben den Busfahrer, Karin hatte begonnen, ihre Hose – so gut es ging – mit einem Taschentuch zu trocknen, in Martin kochte es, er fühlte sich zutiefst gedemütigt, er litt unter der Gemeinheit und Rohheit, die sich hier mit sadistischer Freude am Quälen anderer zeigte, fragte sich wie immer und wie immer ohne Antwort zu bekommen, wie es ein Gott, wenn es ihn gab, zulassen konnte, dass auf seiner Welt möglich war, hatte auch Angst, denn er spürte bereits die Schläge, die er kassieren würde, wenn er sich mit Hartmut prügeln musste, es waren harte, böse Schläge, aber sie waren nicht zu umgehen, wenn er dem Unrecht Einhalt machen und das Gesicht vor den anderen wahren wollte, aber Karin versuchte, ihn zu beruhigen: „Wir beachten ihn gar nicht, den blöden Kerl," sagte sie und nahm seine Hand, „ er hat es ja nur auf

Streit angelegt, den Gefallen werden wir ihm nicht tun, dass wir uns von ihm ärgern lassen."
Man hatte beobachtet, dass sie „Händchen hielten", sogleich erscholl es im Chor „Sieh mal da, ein Liebespaar," und man grölte und lachte, es gab kein Halten mehr, alle Ausdrücke, die man in dieser Richtung aufgeschnappt hatte, flogen nun durch den Bus, Frau Roses Gesichtsfarbe nahm eine bedenkliche rote Verfärbung an – sie war froh, als endlich das Ziel ihrer Fahrt, das an einem See gelegene Schwimmbad erreicht war.
Martin und Karin legten sich ein wenig getrennt von den anderen ins Gras. Frau Rose zog sich – ungeachtet ihrer Aufsichtspflicht, die sie dem Bademeister überließ – in ein Cafe zurück, so konnten Hartmut und seine Freunde ihre Unarten ungehindert entfalten, als erstes hatten sie Klaus, dem dicksten Jungen der Klasse, beim Umziehen seine Badehose und Unterhose gleichzeitig abgenommen, sodass dieser nun nackt zur großen Belustigung aller auf der Wiese stand, bis der Bademeister, durch das Gejohle angelockt, herbeieilte und die Angelegenheit klärte, allerdings nicht die Täter sondern das Opfer vermahnte.
Dann ließen sie Klaus eine Weile in Ruhe, bis sie zu dem bei ihnen auch auf dem Schulhof

beliebten Spiel übergingen, das sie „In-den-Hintern- treten- mit-Anlauf" nannten, Klaus musste sich dazu in einem Abstand von etwa zehn Metern mit dem Rücken zu Hartmut hin aufstellen, dieser nahm Anlauf und trat Dieter in den allerdings gut gepolsterten „Hintern", der dies mit schmerzverzerrtem Gesicht auszuhalten hatte, um nicht verprügelt zu werden, bis Hartmut seine sadistische Lust an diesem „Spiel" verloren hatte.

Dann kamen sie auf die Idee, ihrer Lehrerin, Frau Rose, einen letzten Streich zu spielen, man kam auf den Einfall, ihr das Portemonnaie aus der Handtasche zu stehlen, Hartmut gelang dies auch ohne Schwierigkeiten, nachdem ein anderer Frau Rose unter irgendeinem Vorwand von ihrem Tisch im Cafe weggelockt hatte – als sie den Verlust entdeckte, befragte sie ihre Schüler, aber es gab niemanden, der etwas über den Verbleib ihrer Geldbörse hätte sagen können oder wollen.

Auf der Rückfahrt war es fast unerträglich heiß im Bus, aber nicht nur deshalb war es jetzt stiller als auf der Hinfahrt, man war ermüdet vom Schwimmen und
Herumtollen, mehr noch aber war der Diebstahl der Grund für die gedrückte Stimmung, man fühlte sich einerseits nicht wohl in seiner Haut, hatte neben der Schadenfreude auch ein

schlechtes Gewissen, andererseits waren der Gruppendruck und die Furcht vor Hartmut so groß, dass niemand in Erwägung zog, der Lehrerin zu helfen.

Frau Rose sah jetzt blass aus, sie sprach kein Wort, es war ihr klar, dass einige ihrer Schüler ihr das angetan hatten, es war für sie ein schwerer Schlag, dass keiner ihr half, dass solches unmoralische Verhalten unter ihren Schülern möglich war, es dämmerte ihr, dass sie mit all ihren gutgemeinten Erziehungsmethoden, mit all ihrem Bemühen um ihre Schüler bei diesen doch außen vor geblieben war.

Martin sprach ebenfalls kein Wort, die Angelegenheit beschäftigt ihn intensiv – wie war es möglich, dass er mitschuldig wurde an der bösen Tat anderer Menschen, ohne selber etwa dazu beigetragen zu haben? „Wehe ihr verpetzt uns", hatte Hartmut ihnen gedroht, hatte so ihre Solidarität eingefordert, hatte machtförmig seinen eigenen Moralkodex aufgerichtet, für Verräter hätte man sie gehalten, für solche, die besser sein, die sich bei der Lehrerin einschmeicheln wollten – man hätte sie geschnitten, sie wären aus der Gemeinschaft der anderen ausgeschlossen worden.

Aber wie konnte er dieses Unrecht, diesen Diebstahl unterstützen – der Gewissenskonflikt, in dem er sich befand, bedrückte Martin so sehr, dass er auf der gesamten Heimfahrt kein Wort herausbrachte, seine Hände waren schweißnass, es musste doch eine Lösung geben, eine Entscheidung musste er treffen, oder sollte er sich so passiv machen, sich missbrauchen lassen, sollte er sich zu einer Figur im schlechten Spiel dieses Hartmuts machen lassen, sollte er ihm und seinen Kumpanen das Feld kampflos überlassen? Gerne hätte er sich wieder in die Welt seiner Phantasie zurückgezogen vor dieser rauhen Wirklichkeit – aber zu welchem Preis, zu dem verlorener Selbstachtung?

„Du gibst Frau Rose das Portemonnaie zurück, oder ich sage ihr, dass du es hast," er hörte sich diesen Satz sagen wie aus weiter Ferne, es schien ihm fast, als habe nicht er, sondern ein anderer ihn gesagt, er hatte zuletzt gar nicht mehr anders gekonnt, als ihn auszusprechen, und alles, was dann kam, war nicht mehr zu umgehen gewesen, das wusste er, es war die Konsequenz aus diesem Satz, es war das verblüffte, dann erwartungsvolle Grinsen Hartmuts, es waren seine Worte, „Dann weißt du ja, dass du Schläge bekommst," aber es war auch die Freude auf dem Gesicht seiner Lehrerin, als sie ihre Geldbörse wieder in der Hand hielt, es war auch seine Erleichterung, dass es einen Ausweg gab aus dem passiven

Schuldigwerden, auch wenn dieser Ausweg durch schmerzliche Prügel hindurch führte – aber es war wirklich ein Weg, es war das kleinere Übel, seine Seele hätte mehr gelitten, wenn er diesen Weg nicht gegangen und diese Welt kampflos Hartmut und seinen Gemeinheiten überlassen hätte – denn dann, das hatte er in seinem Gewissenskonflikt deutlich gespürt, wäre auch er selbst und seine Welt davon betroffen gewesen, dann hätte es auch keinen Frieden mehr für ihn in seiner Welt gegeben.

Der Kampf fand nach der Klassenfahrt auf dem Heimweg in dem Torbogen einer Einfahrt zu einem Fabrikhof statt, die halbe Klasse war dabei, man hatte sich darauf verständigt, dass kein anderer in den Kampf zwischen den beiden eingreifen sollte, Hartmuts Fäuste trafen Martin so, wie er es geahnt hatte, er verlor einen Zahn, seine Augenbraue blutete, aber es gelang ihm als dem Größeren, Hartmut in „den Schwitzkasten" zu nehmen und auf den Boden zu drücken, so lange, bis er bereit war, seine Niederlage anzuerkennen. „Das wirst du mir noch mal büßen," rief er Martin noch drohend zu, aber er tat es schon mit einigem Respekt, denn er wartete damit, bis zwischen ihm und Martin ein gehöriger Abstand war, heute wollte er sich auf einen weiteren Kampf nicht mehr einlassen.

9.

Zwischen den afrikanischen Asylsuchenden und denen aus osteuropäischen Ländern war es zu einer Auseinandersetzung gekommen, mit den Worten "Nun können Sie ja mal zeigen, was Sie gelernt haben," hatte mich der Sozialamtsleiter in die Asylunterkunft geschickt, um dort eine "Mediation" zwischen den beiden Gruppen durchzuführen, diesen Begriff benutzte er mit Betonung, um deutlich zu machen, dass auch er psychologische Kenntnisse besaß.
Ich nahm wieder meinen Klienten und Freund Martin Weiss zu dem Mediations-Gespräch mit, seine Begleitung war einerseits Teil seiner Therapie, die Erfahrung psychischer Probleme anderer Menschen in Extremsituationen sollten ihm bei der Bewältigung seines eigenen Traumas helfen.
Aber natürlich war es auch einfach Teil unserer freundschaftlichen Beziehung, die sich inzwischen zwischen uns entwickelt hatte, ich hatte ihm das Du angeboten, einige Male hatte er mich mit „Herr Doktor" angeredet und gerade dies machte mir deutlich, auf welcher Basis eigentlich unsere Beziehung beruhte, das „Simeon" drückte die Vertrautheit aus, die uns miteinander verband.

Wenn ich „natürlich" schreibe, so ist damit genau gesagt, was sich zwischen uns ereignet hatte: Unsere Freundschaft war auf Grund ähnlicher Anlagen und Erfahrungen bei mir aus „natürlicher" Sympathie erwachsen, diese „Pflanze" zu ignorieren oder sie als Unkraut auszureißen, und es bei einem reinen Therapeuten-Klienten – Verhältnis belassen zu wollen hätte bedeutet, sich zu verstellen und unwahrhaftig zu werden, etwas zu blockieren, das leben wollte und möglicherweise auch zur Heilung beitragen konnte.

Ich hatte mir vorgenommen, für eine wissenschaftliche Zeitschrift darüber einen Erfahrungsbericht zu schreiben, damit auch andere Psychotherapeuten diesen Weg als eine Möglichkeit für sich selbst erkannten, dann, wenn es für die Therapie förderlich und in der Begegnung zweier Menschen, die der Therapeut und der Klient auch sind, „natürlicherweise" angelegt ist.

Viele Psychologen lehnen eine Freundschaft oder etwa sogar Liebe zwischen Therapeuten und Klienten grundsätzlich ab, ja sie halten sie für schädlich entsprechend der Forderung Sigmund Freuds: „Die Kur muss in der Abstinenz durchgeführt werden". Es darf in der therapeutischen Beziehung keine andere als diese geben.

Als Martin Weiss und ich über diese Maxime Freuds sprachen, erkannten wir, dass sie nicht für immer und für alle Geltung hat, ja, dass sie im besonderen Fall schädlich, weil unrealistisch sein kann.

Durch deren Gefangenschaft in starren gesellschaftlichen Regeln hatte seine frühe Liebe damals bei den Erwachsenen kein Verständnis, sondern nur Ablehnung gefunden. Weil sie sich selber keine unkontrollierbaren Emotionen gestatteten, haben sie seine abgelehnt und ihn behandelt, als täten er Unrecht.

Und ich erkannte: Es begegnen sich ja auch in der Therapie zwei Menschen, zwei Seelen, zwei Herzen mit all ihren vergangenen und gegenwärtigen Erfahrungen und Gefühlen, den bewussten und unbewussten, und nicht nur der Klient öffnet seine Seele, sondern auch der Therapeut, ohne diese Offenheit und echte, emotionale Nähe, ja Liebe kann ja gar kein Kraftstrom fließen und ist auch keine Heilung möglich. Ohne dass sich auch der Therapeut auf diese Begegnung mit ganzer Risikobereitschaft einlässt, ohne dass er auf jede Absicherung verzichtet und bereit ist für das, was mit ihm und seinem Klienten geschieht, kann es keine wirkliche, wahrhaftige und wirksame Veränderung, keine Besserung, keine Heilung geben. Und in dieser Begegnung kann es auch bei ihm selbst zu einem Heilungsprozess von Traumata kommen, die ihm so bisher nicht bewusst waren.

Da wir einander in unseren psychischen Anlagen ohnehin ähnlich waren, ich vieles in meiner eigenen Kindheit und Jugend ähnlich erlebt und verarbeitet oder eben nicht verarbeitet sondern nur verdrängt hatte wie Martin Weiss, war die freundschaftliche Beziehung zwischen uns etwas natürlich Gewachsenes, hätten wir sie mit Gewalt verdrängt wäre dies für ihn und seine Therapie eher hinderlich gewesen, das Akzeptieren und Ausleben unserer Sympathie und Freundschaft war not-wendig, wenn wir den Kraftstrom, der ohne Zweifel durch unsere Begegnung sowohl bei ihm als auch bei mir freigesetzt wurde, nicht zum Versiegen bringen sondern für seine Heilung nutzen wollten.

Als ich ihm sagte, dass mir seine psychische Problematik keineswegs unbekannt sei, sondern dass ich in meiner Kindheit und Jugendzeit ähnliche Schwierigkeiten und Probleme wie er hatte, dass ich keineswegs eine perfekte Lösung für ihn und seine Traumata hätte und ihn fragte, ob er mit dieser meiner Offenheit umgehen könne, sagte er:

„Es ist das, was Paulus sagt, wenn er, der Apostel der Christenheit, sich seiner Gemeinde gegenüber als der Schwache offenbart und sich von denen absetzt, die als Überapostel so tun, als stünden sie über allem und allen, als seien sie in sich selbst so stark und überlegen. Er hatte dabei keine Angst, seine Autorität als Apostel zu verlieren, weil er diese mit seinem Auftrag und seinem Auftraggeber und dessen Kraft verband, von der er glaubte, dass sie gerade im Schwachen mächtig ist".

Wieder einmal kehrte sich unser Verhältnis um, ich als der theologisch Ungebildete profitierte von seinen Kenntnissen.

Wir erkannten: Oberstes Prinzip für die Therapeuten-Klienten – Beziehung ist nicht eine wissenschaftliche Lehre, keine Theorie, keine Methode, sondern die praktische Erfahrung auf dem Heilungsprozess, der nur in ganzer, wahrer Offenheit möglich ist und der die Möglichkeit einer Freundschaft und Liebe nicht von vornherein ausschließen darf, wenn sie für die Heilung not-wendig, weil Not wendend ist. Dann hat beides sein Recht und ist legitim.

Weitergehende Überlegungen sparte ich mir für die Zukunft auf:

Zwischen Freuds Weg zur Therapie mittels Psychoanalyse und dem Weg der heutigen Psychologie durch als Verhaltensforschung und statistische Erhebungen musste es noch einen anderen Weg geben, der die besonderen individuellen Anlagen und Erfahrungen jedes Klienten und Therapeuten berücksichtigte und jene frei flutenden Energie ermögliche, von der Martin Weiss sagte, dass sie gerade in den Schwachen mächtig sie und dass sie mit Liebe zu tun habe, aber nicht die allgemein-menschliche, von der Freud ausgegangen sei, sondern eine vollkommene, reine, in der es keinen Altruismus mehr gebe.

Wir diskutierten dann länger über die Frage, ob ein vollkommener Altruismus, ein völlig selbstloses Denken und Handeln denn überhaupt möglich sei.

Er habe eben dies damals erfahren, sagte er und lächelte dabei wieder wie abwesend, ich merkte, dass er wieder ihr Bild vor seinem inneren Auge hatte.

Was ihm damals in damals durch die selbstlose Liebe dieses Mädchens geschenkt worden sei, habe ihn überhaupt in die Lage versetzt, jene Jahre mit ihren seelischen Verletzungen zu überstehen. –

Es war – so stellte Martin im Gespräch mit Maurice, seinem Vertrauten auf Seiten der Afrikaner fest – zu einem „Krieg" zwischen den beiden Gruppen
gekommen, weil sich beide miteinander darum stritten, wer die Küche im Asylheim zu welcher Zeit benutzen durfte. Die Küche lag im Eingangsbereich der ehemaligen Schule, zu Beginn des langen Flures, sie bestand aus einem Herd und Schränken, in denen das Kochgeschirr aufbewahrt wurde.
Da oft mit scharfen Gewürzen gekocht wurde, roch es besonders zur Mittagszeit in dem ganzen Heim penetrant. Und eben zur Mittagszeit war auch der Ansturm auf den einzigen Herd und seine Platten am größten, ein Gedränge entstand mitunter, das bis zu Handgreiflichkeiten führte.

Es war für Martin Weiss, wie er mir später erzählte, wieder ein Problem, mit dem er es bereits als Junge auf der Straße zu tun hatte, es war die Frage, wie Gewalt und das Unrecht des Stärkeren durch Frieden und Gerechtigkeit überwunden werden konnten, ob mit Gegengewalt – oder ob Menschen auch auf andere Weise dafür gewonnen werden konnten, in Frieden miteinander auszukommen. Und er hatte früh gelernt, dass es gegen die Gewalt zuletzt kein Mittel gab, dass auch das Recht von ihr gebeugt wurde, dass sie jederzeit diese Welt und ihre Ordnungen zum Einsturz bringen konnte, dass sie Menschen grausam verletzen, ja töten konnte. Er hatte sich später zwar eingehend mit Mahatma Gandhi und Martin Luther Kings gewaltlosen Widerstand beschäftigt, aber auch deren Schicksal, ihre Ermordung, ließ ja die Frage offen, welche Macht, ob die des Friedens oder die der Gewalt, das letzte Wort behielten.

Aber wir hatten beide festgestellt, dass es aus moralischen Gründen und um unserer Selbstachtung willen gar nicht anders ging, als zumindest immer wieder den Kampf für den Frieden mit friedlichen Mitteln, aber wie Ghandi und Martin Luther King mit ganzer Kraft und Ideenreichtum aufzunehmen, und deshalb hatten wir uns wieder ins Asylheim aufgemacht, um wenigstens für eine Zeit dem Chaos mit einer gerechten Ordnung zu wehren. Auch jetzt versuchte ich dies wieder, ich rief die Asylsuchenden zu einer Besprechung zusammen und stellte eine Benutzungsordnung für die Küche auf, in der jeder sich in einer bestimmten Frist einzutragen hatte, die Zeiten wurden gerecht gewechselt – es war zumindest für den Augenblick eine Beruhigung der Gemüter erreicht.

X

Hartmut und seine Bande überfielen Martin Weiss und seine Freundin Karin, als diese die „Steile Treppe", hinunterstiegen, um in die Innenstadt zu gelangen, die „Steile Treppe" hieß deshalb so, weil sie die längste und steilste der Treppen war, von denen es in dieser an Berghängen gelegenen Stadt zahlreiche gab, sie alle führten hinunter in das enge Tal, in dem sich Geschäftshäuser und Fabriken dicht nebeneiander den Fluss entlang reihten.
Hundertdreißig Stufen hatte diese Treppe – zwischen ihnen gab es einige größere Absätze, auf denen man verschnaufen konnte, wenn man sie von unten aus dem Tal erstieg, sie führte an hohen, grauen Hauswänden vorbei, die wenigen Straßenlaternen gaben abends nur spärliches Licht.
Es war ein ungleicher Kampf, der nicht lange dauerte, Hartmut und seine Freunde waren zu sechst, und zudem waren Martin und Karin von diesem Überfall aus dem Hinterhalt eines dunklen Hauseinganges völlig überrumpelt.
Sie gingen nach einem sorgfältig vorbereiteten Plan vor, hielten Martin und Karin fest, fesselten ihre Arme, und um ihnen von vornherein jeden Gedanken an Widerstand zu nehmen, drückte

Hartmut warnend seine Faust mit Schlagring gegen Martins Kinn und ließ gleichzeitig sein Fahrtenmesser aufklappen, dann brachten sie beide in den „Bunker", der im Krieg zum Schutz vor feindlichen Fliegerangriffen angelegt worden war, unmittelbar neben einem Steinbruch gelegen diente er den Jugendlichen als geheimer Treffpunkt.

Der Eingang zum Bunker war für solche, die ihn nicht kannten, kaum zu erkennen, er war mit Gestrüpp überwachsen, hinter einer verrosteten Eisentür führte ein schmaler unterirdischer Gang zu einem größeren Raum, dorthin brachte man sie, es wurde nicht viel gesprochen, Hartmuts Plan, Karin zu quälen und dies Martin mit ansehen zu lassen, wurde durchgeführt, rittlings setzte sich einer nach dem anderen auf sie, Hartmut gestattete es ihnen, während er Martin dabei höhnisch angrinste, er war voll diabolischer Freude, denn nun stellte er seine Ehre wieder her vor ihm, Martin, und vor seinen Kameraden, die damals seine Niederlage miterlebt hatten, die aber jetzt sehen konnten, wie er Rache nahm, wie er Martin demütigte für das, was er ihm angetan hatte.

Und Martin sah, er sah mit einem ohnmächtigen Schmerz, der ihm das Herz zerreißen wollte, das diese Welt keinerlei festen Grund hatte, wie er hatte glauben wollen, es war kein Verlass auf Gerechtigkeit, es gab nur eins, was zählte, Grausamkeit und Gewalt und Angstmachen, es gab keine verbindlichen Spielregeln der Fairness, keinen Halt und keine Ordnung, wenn Menschen sich nicht danach richten wollten, zerbrachen sie sofort, alles war nicht fest und sicher, es lohnte sich nicht, in einer solchen Welt zu leben, die jederzeit einstürzen konnte so wie in diesem Augenblick, da sich Hartmut und seine Kumpane an Karin zu schaffen machten und er ihr nicht helfen konnte.

Karin hatte zunächst versucht, sich zu wehren, hatte dabei ihre Fesseln gelockert, hatte um sich geschlagen und getreten, dann hatte man sie festgehalten, ihr mit der Hand den Mund verschlossen, weil sie denen, die ihr zu nahe kamen, auch ins Gesicht gespuckt hatte – Martin musste all dies ohnmächtig mit ansehen, bis Hartmut plötzlich die Lust verlor, sein Sadismus hatte bekommen, was er wollte, er trat noch einmal zu Martin heran, schlug ihm in die Magengrube, dass diesem schlecht wurde und er sich übergeben musste, machte dann seinen Kumpanen ein Zeichen und verschwand mit ihnen aus der Höhle.

Es gelang ihnen, sich gegenseitig von ihren Fesseln zu befreien, sie hielten einander fest, sie zitterten und schluchzten beide, – alles war nur noch Schmerz und inneres Wundsein, aber sie hatten einander noch, und so weinten sie miteinander und klammerten sich aneinander, es war schon ein wenig Trost, den anderen so nahe zu spüren.

Herr Sperling bewährte sich auch in dieser Situation wieder einmal als ihr verständnisvoller Freund: als sie danach bei ihm in seiner Gartenlaube noch immer völlig verstört auftauchten, sprach er zunächst gar nichts, fragte auch nicht, warum sie noch am späten Abend blutend und mit zerrissenen Kleidern zu ihm kamen, er machte ihnen Tee, essen wollten sie nichts, als Karin sich auf dem Sofa ausstreckte, winkte er Martin hinaus vor die Tür in den Garten, jetzt erst fragte er, was geschehen sei, und Martin berichtete stockend, nun wüsste er, dass es nichts gäbe, wozu Menschen nicht fähig seien, er habe den Glauben an das Gute im Menschen endgültig verloren, es lohne sich nicht in einer Welt zu leben, in der das Böse stärker sei als das Gute, in der die Sehnsucht nach Gerechtigkeit und Frieden unter Menschen immer nur enttäuscht werde, und er berichtete ihm stockend, was im Bunker geschehen war.

Ja, sagte Herr Sperling, so habe er es auch erlebt, und vielleicht sei es Martin ja in seiner

augenblicklichen Verfassung eine Hilfe, wenn er ihm erzähle, dass er selbst noch ganz andere Gräueltaten habe mit ansehen müssen, damals im Krieg und auch nach dem Krieg, das seien keine dummen halbwüchsige Jungen gewesen, die Vergewaltigung nur „spielten", nein, das seien ausgewachsene Männer gewesen, die über die Frauen hergefallen seien, manchmal zwanzig, dreißig Männer in einer Stunde, und einige Frauen seien irre geworden, hätten ihre Kleider aus Angst schon hochgezogen, wenn sie nur von weiten einen Soldaten kommen sahen.
Martin hörte ihm zu, nun wollte er hören, wollte es wissen, wie diese Welt, wie die Menschen wirklich waren, wollte wissen, wozu Menschen fähig waren.
In der Gartenlaube hörten sie Karin im Halbschlaf leise wimmern, und als Martin hineingehen wollte, hielt Herr Sperling ihn zurück, sie käme schon darüber weg, aber erst müsse er sie einmal ganz in Ruhe lassen, sei brauche jetzt das Alleinsein, das sei eben so, wenn einem ein großes Leid zugefügt worden sei, dass man damit zunächst einmal ganz allein fertig werden müsse, und da könne einem zunächst kein anderer helfen, später dann, wenn die Zeit für Worte da wäre, könne man reden, aber das sei später, denn zuerst seien Worte kein

Trost, weil Worte vortäuschten, man könne am Geschehen etwas ändern, aber das sei eben nicht möglich und deshalb sei Schweigen und Hinnehmen und Ertragen zunächst die einzige Möglichkeit, dem Leid zu begegnen.

„Ich bringe ihn um", sagte Martin, „Ich bringe Hartmut um, wie kann er ihr so etwas antun, sie hat ihm nichts getan, an mir wollte er sich rächen, dabei war es damals zwischen uns ein fairer Kampf. Warum gerade Karin, die immer so freundlich und nett zu allen ist, warum muss gerade sie so etwas erleben. Ich bin schuld daran, das war nur, weil sie mit mir befreundet ist."

So viel Helles, Leichtes war von ihr in sein Leben hineingekommen, seine Seele hatte durch sie Flügel bekommen, immer wieder hatte sie ihm das Leben, das ihm oft so schwer wurde, leichter gemacht, so viel Lebensfreude hatte sie, dass sie ihm mühelos davon abgeben konnte, alles, was er so schwer nahm, alle Kränkungen hatte sie ihm überwinden helfen - und wie dankte er es ihr, indem er sie mit hineinzog in seine Feindschaft mit Hartmut und seinen Kumpanen, ohne ihn wäre ihr das alles erspart geblieben.

„Junger Freund," ermahnte ihn Herr Sperling, „Ich glaube, du täuschst dich in deiner Freundin, sie ist stärker als du denkst, sie wird es überwinden und daran wachsen, du wirst sehen.-

Und außerdem glaube ich, hat sie dich sehr gern, daran wirst du selbst und auch niemand anderer etwas ändern können."

Dann schwiegen sie, der Garten mit seinen Blumen, Sträuchern und Bäumen verschwand mehr und mehr in der Dunkelheit, bis nur noch undeutliche Umrisse zu sehen waren.

Plötzlich spürte Martin eine Hand auf seiner Schulter, Karin war zu ihnen hinausgekommen, ohne dass sie es bemerkt hätten, sie legte ihren Kopf an seinen und sagte leise in sein Ohr:

„Herr Sperling hat recht, ich habe dich sehr gern. Und von diesen paar Idioten lassen wir beide uns doch nicht unterkriegen, oder?"

Sie hatte gelauscht, Martin spürte an ihrer Stimme, dass sie sich gefangen hatte, Herr Sperling hatte recht, und er war stolz auf sie, auf seine energische, tapfere Freundin, mit ihr war alles zu ertragen, er streichelte ihre Hand, das Leben konnte weitergehen.

x

Es war an diesem Tag zu einem Streit in der Küche gekommen.

Der Friede, den ich durch die Einführung einer Benutzungsordnung hatte erreichen wollen, währte nicht lange.

Ein kleiner Zank hatte ein tragisches Ende genommen, Sara, die Frau von Maurice, dem Schwarzafrikaner aus dem Zaire, hatte einen Topf vom Herd genommen, weil sie geglaubt hatte, die darin gekochte Suppe sei bereits fertig, zumindest ließ das die abgestellte Herdplatte vermuten, der zornige, lautstarke Protest eines jungen Mannes, der aus einem südosteuropäischen Land kam und dessen Sprache sie nicht verstand, belehrte sie allerdings unmittelbar darauf eines anderen, wie schon des Öfteren bedurfte es nur eines solchen geringen Funkens, um in der gespannten Atmosphäre zwischen den unterschiedlichen Gruppen der Asylsuchenden einen Brand zu entfachen.

Wie sehr die junge Afrikanerin dem wütenden, wild gestikulierenden Mann gegenüber auch beteuerte, sie habe sich keineswegs vordrängeln und ihn beleidigen wollen, half nichts, er verstand ihre Worte ja nicht, einige wenige Brocken Deutsch waren das Einzige, was diese junge dunkelhäutige Studentin aus dem Zaire und den kleinen, aufgebrachten Mann aus dem Südosten Europas miteinander verband.

Zornig und mit drohender Miene, von dem Geschrei ihres Landsmannes aus ihren Zimmern gelockt, waren nun auch andere Asylsuchende hinzugekommen, sie umringten Sara, sie waren empört, dass eine Frau, es wagen konnte, einen ihrer Landsleute zu beleidigen.

Die Situation drohte zu eskalieren, man hatte jetzt ein Ventil für alle erlittenen Frustrationen gefunden, diese junge Frau hier war das gefundene Opfer, an ihr konnte man sich endlich abreagieren, so drängte man sie immer weiter gegen den Herd, es gab erste Stöße, eine Hand holte zum Schlag aus, traf Sara im Gesicht, sie begann zu bluten.

In diesem Augenblick betrat Maurice das Asylheim, wäre er einige Minuten früher oder später gekommen, wäre vielleicht alles noch harmlos ausgegangen, hätten sich die aufgebrachten osteuropäischen Asylsuchenden beruhigen lassen, nun aber waren ihre Emotionen entfesselt, es gab für sie kein zurück mehr, und jedes Einhalt-gebieten musste auf sie wie eine erneute Provokation wirken.

Entsetzt sah Maurice, wie seine Frau von einer Gruppe feindseliger Männer bedrängt wurde.

Eine innere Stimme riet ihm zur Ruhe und Vernunft, aber die Panik, die ihn erfasste, der lodernde Zorn darüber, seine Frau dort hilflos einer Übermacht aufgebrachter Männer ausgesetzt zu sehen, ließen ihn ebenso emotional reagieren wie diese, er drang in die Gruppe vor, stieß dabei mit den Armen die Männer auseinander, und schrie mit vor Erregung bebender Stimme auf Englisch, weil er glaubte, dies verstünden sie noch am ehesten: „What have you done to my wife?"

Nun hatte er seine Frau erreicht, schützend schirmte er sie mit seinem Körper ab, einen Augenblick war Sara erleichtert, aber dann erschrak sie, als sie das Messer in der Hand des jungen Mannes sah, sie versuchte noch, ihren Mann wegzureißen, aber es war zu spät, die Klinge drang seitlich in seinen Körper ein, sie spürte, wie ihr Mann in sich zusammensackte, versuchte ihn zu halten, ließ ihn los, er glitt zu Boden, sie hörte in der plötzlich eingetretenen Stille sein Röcheln.

Sie beugte sich über ihn, versuchte, ihn anzusprechen, aber er antwortete nicht,

auch das Röcheln erstarb, der Notarzt, der dann kam, stellte fest, dass der Tod sehr rasch eingetreten war, die lange, scharfe Klinge habe sein Herz getroffen, er sei sehr rasch an seinen inneren Blutungen gestorben.

X

Martin Weiss hatte einen Vater, der es nicht hinnehmen wollte, dass sein Sohn zu einem „Spinner", einem „Phantasten" wurde, er fühlte sich persönlich beleidigt durch die Tatsache, dass sein Sohn, „sein" Sohn so aus der Art geschlagen war, keinerlei Interesse an praktischen Dingen zeigte, er machte seine Frau dafür verantwortlich, sie habe ihm „Flausen in den Kopf gesetzt", er aber wolle dafür sorgen, dass sich dies ändere.

Seine Maßnahme bestand darin, dass er Martin in den Schulferien in den Betrieb mitnahm, in dem er als Vorarbeiter arbeitete, Martin hatte dort am Fließband Teile zu montieren, eine äußerst eintönige Beschäftigung.

Diese neue Erfahrung einer Arbeitswelt, die er bisher nicht kannte, war Martin gar nicht so unlieb, wie sein Vater glaubte – aber aus anderen Gründen, als sich dieser gewünscht hätte, Martin interessierten weniger die Maschinen und die Fertigung der Werkzeuge, die damit hergestellt und dann an andere Betriebe weitergeliefert wurden - nein, ihn interessierten die Menschen und ihr Verhalten, ja auch sich selbst beobachtete er, er registrierte, wie es ihm gelang, mit der Monotonie der Arbeit fertig zu werden, ob man nur abstumpfte oder auch dabei den Geist rege halten konnte.

„Das ist die richtige Vorbereitung auf das Leben", sagte sein Vater, wenn er an seinem Arbeitsplatz vorbeikam. Auch hier blieben sich Vater und Sohn fremd, dass sie beide ganz unterschiedlicher Naturen waren, blieb auch den Arbeitern und Arbeiterinnen nicht verborgen. Man schüttelte den Kopf über ihn, so hatte man sich den Sohn des „Alten", wie man Martins Vater hier nannte, nicht vorgestellt, mit seiner sensiblen, introvertierten, eher verschlossenen Art konnte man wenig anfangen, er passte überhaupt nicht zu seinem robusten, derben Vater.

Martin beobachtete, dass sein Vater mit einer jungen, noch unverheirateten Frau, einer Italienerin, die als Putzfrau in der Fabrik arbeitete, in der Mittagspause in seinem Büro verschwand, jedes Mal grinsten dann einige Frauen in Martins Richtung – wenn sein Vater nach der Mittagspause zurückkehrte, ging er ohne ihn anzusehen an Martin vorüber, etwas später kehrte dann auch Maria zurück. Dies und einige Andeutungen, die er hörte, ließen Martin nur den einen Schluss zu, dass sein Vater mit dieser jungen, schwarzhaarigen Frau ein Verhältnis hatte.

Er schämte sich seines Vaters, aber es wunderte ihn nicht, es passte zu ihm, zu seiner Willkür, seinem rücksichtslosen, primitiven Wesen, das dem seinem so ganz widersprach, und das ihn nun umso mehr anwiderte, als er es als verlogen empfand, hatte ihm sein Vater doch seinerseits seine Beziehung zu Karin verboten, und nun erlebte er, wie dieser seine Frau, Martins Mutter betrog. Es konnte sein, dass diese längst davon wusste, aber dass beide hinter einer nur äußerlichen, bürgerlichen Fassade eine Ehe aufrecht hielten, die keine mehr war, und dass diese Kälte und Unwahrhaftigkeit seiner Eltern zueinander mit ein Grund für seine eigene Unsicherheit und Verletzbarkeit waren.
Wie sehr hätte er sich echte, tiefe, verständnisvolle Mutter- und Vaterliebe gewünscht, wie sehr hätte er sie gebraucht.
Stattdessen wurde er völlig alleingelassen, und er erschrak darüber, wie stark sein Hass werden konnte, mit dem er auf die Kälte reagierte, die ihn umgab, er spürte, wie Hass zu Hass, Verachtung zu Verachtung führte – wie konnte man da selbst rein bleiben unter Menschen, die so lieblos miteinander umgingen. –
Es hatte ihn zu den Bahngleisen getrieben, dort saß er stundenlang auf einer Mauer, sah den Zügen nach, die hin und wieder an ihm

vorbeisausten, und sehnte sich danach, mitzufahren, ein Fernweh hatte ihn gepackt, er wollte hier weg, wollte nie mehr nach Hause zurück – aber dann plötzlich sah er Karins strahlende blaue Augen vor sich, und es erschien ihm nicht mehr ganz so schwer, was er zu ertragen hatte.

Das alles erzählte mir Martin Weiss in unseren Therapiesitzungen, und ich merkte, dass es ihm schien, als sei alles erst gestern geschehen, so sehr hatte es ihn in seiner empfindsamen Seele verletzt, so unverarbeitet und emotional aufgeladen lag es in seinem Unterbewusstsein bereit, als habe es nur darauf gewartet, erinnert, in seinem „Inneren" wahr genommen und an die Oberfläche seines Bewusstseins gehoben zu werde, mich hatte er als den Geburtshelfer dafür ausersehen und ich hörte ihm zu und es war nicht mehr nur seine Geschichte, es war auch meine und ein Stück weit die jedes Menschen, dessen Seele sich in einer Welt zurechtfinden muss, die so ist, wie sie ist.

X

Es war das alte Spiel der Provokation, das Hartmut mit ihm spielen wollte, und das ihm schließlich selbst zum Verhängnis werden sollte, der Schauplatz war diesmal die Wiese über dem Steinbruch, der schon immer ein beliebter Ort für die Jungen gewesen war, denn die Loren, in denen die Steine zur nahegelegenen Ziegelei gefahren wurden, waren für sie ideale Fahrzeuge, in denen man einander die Gleise entlang schieben konnte.
Und auch die Mutprobe, zu der Hartmut Martin herausforderte, war nicht neu:
Wer „traute" sich am nächsten zum Abgrund hin, zum Steilabhang des Steinbruchs, der etwa dreißig Meter in die Tiefe führte.
Die Wiese über dem Steinbruch – wenn gesprengt wurde, war sie allerdings gesperrt – war ebenfalls ein Treffpunkt für die Jugendliche dieses Stadtteils seit eh und je, man spielte dort Fußballball oder lag in Gruppen im Gras und unterhielt sich, es wurde geraucht, einige brachten „Proviant" mit, meist waren dies Bierflaschen aber auch stärkere alkoholische Getränke , die die Runde machten, – Martin war längere Zeit nicht mehr dort gewesen, hatte auch nicht vermutet, dass sich an diesem Nachmittag, es war Samstag, Hartmut und seine Freude dort

aufhielten, eher hätte er sie in der Innenstadt im Kino oder in einer Kneipe vermutet.

Verabredungsgemäß hatte er Karin abholen wollen, um mit ihr in Herrn Sperlings Garten den Nachmittag und Abend zu verbringen, aber sie hatte ihn schon an der Straßenecke in einiger Entfernung von ihrem Elternhaus abgefangen, hatte ihn umarmt und dann gesagt, sie fühle sich nicht gut, sie sei so müde und schwitze, sie habe wohl Fieber. Aber er solle sich nur keine Gedanken machen, das gehe gewiss vorüber, aber sie fühle sich heute einfach zu schwach, um mitzukommen, und sie hatte ein wenig geweint, weil sie sich doch so gefreut hatte auf ihren gemeinsamen Nachmittag.

Martin war beunruhigt, es war ihm aufgefallen, dass sie in der letzten Zeit abgenommen hatte, dass ihre Hautfarbe blasser geworden war, aber sie hatte ihn wieder beruhigt, es sei nichts Ernstes, es werde schon wieder besser mit ihr werden, und er hatte in ihre Augen gesehen, die sonst so voller Lebensfreude strahlen konnten, jetzt aber trübe schienen, und sie hatte missbilligend den Kopf geschüttelt, ihn angelächelt und ihm einen Kuss gegeben „Nicht grübeln," hatte sie ihn ermahnt, „das weißt du doch, und bestell Herrn Sperling einen Gruß von

mir und sag ihm, ich käme demnächst wieder mit, schon um zu sehen, ob
in der Laube noch alles in Ordnung ist."
Danach hatte er nicht allein sein wollen, er wäre ins Grübeln gekommen, das wusste er, er wollte sich ablenken, so hatte er sich auf den Weg zum Steinbruch gemacht.
Als er Hartmut und seine Kumpane von ferne sah, gab es keinen Rückzug mehr, Rückzug wäre ein Eingeständnis von Feigheit gewesen, außerdem, so nahm Martin an, werde es wegen der vielen andere Jugendlichen heute nicht zu einer erneuten Konfrontation zwischen ihnen kommen.
Martin hatte einige seiner Klassenkameraden entdeckt, er stellte sich zu ihnen, blickte hin und wieder prüfend zu Hartmut hinüber – und dabei wurde ihm klar, dass es auch heute nicht friedlich zwischen ihnen abgehen würde. Hartmut hatte schon begonnen, mit seinen Freunden die Köpfe zusammenzustecken, ganz deutlich war es, dass sie dabei waren, einen Plan auszuhecken, wie sie ihn wiederum provozieren konnten, es dauerte etwa zehn Minuten, dann kamen sie zu Martin hinüber geschlendert.
Warum er nicht mehr auf die Straße komme, man sähe ihn so wenig, man habe sich schon Sorgen gemacht, und ob er sich für etwas

Besseres halte, wie es seiner Freundin gehe, dabei grinste ihn Hartmut höhnisch an, er sollte sich dabei wohl an den Bunker erinnern.

Und dann hatte wie auf Verabredung einer seiner Kumpane gesagt: „Hier ist es aber zu voll heute", es war das Startzeichen, ja, bestätigte Hartmut, heute seien zu viele hier, die Wiese leide darunter, und seine Augen wurden bei diesen Worten vor Häme und Hinterlist zu Schlitzen, da müssten doch am besten einige wieder gehen, vielleicht gäbe es ja einen, der freiwillig verschwände, und dabei sah er Martin mit provozierendem Grinsen an.

Martin versuchte, ruhig zu bleiben, entgegnete, Hartmut fühle sich nur stark, wenn er nicht alleine sei, sagte er, er möge sich einmal daran erinnern, wie es ihm damals nach der Klassenfahrt ergangen sei, im Übrigen könne er froh sein, dass Karin ihn nicht angezeigt habe wegen Freiheitsberaubung und Körperverletzung, aber man könne sich dies immer noch überlegen.

Das regte nun Hartmut wiederum auf, dass er vor allen anderen an seine schmachvolle Niederlage erinnert und ihm auch noch gedroht wurde, erwartungsvoll sahen ihn nun seine Kumpane an, nun musste er etwas unternehmen, nun musste er

beweisen, dass er sich nicht einschüchtern ließ, dass er der Stärke, Mutigere war.
Er stieß Martin mit der Faust vor die Brust, „Komm schon, dann zeig uns, wie mutig du bist", forderte er ihn auf, und als dieser nicht reagierte, zog er ihn mit sich näher dem Abgrund des Steinbruchs zu, dort ließ er Martin los, trat unmittelbar an den Rand der Wiese zur Böschung hin und rief:
„Das traust du dich wohl nicht, du Feigling, das hast du dich nie getraut, so wie ich."
Alle beobachteten nun die Szene, Martin wurde wieder an den Kampf erinnert,
damals nach der Klassenfahrt unter dem Torbogen, alle hatten um sie herum gestanden, und er hatte Hartmuts harte Schläge zu spüren bekommen, hatte ihn dann aber untergekriegt, und er dachte an das, was Hartmut und seine Freunde Karin und ihm angetan hatten, als sie sie auf der „Steilen Treppe" überfallen, gefesselt und in den Bunker gebracht hatten – und all das fasste sich in diesem Augenblick für ihn zu dem einen Wunsch zusammen, Hartmut möge den Abhang hinunterstürzen, in die Tiefe, und ein für allemal mit all seiner Bosheit und Gemeinheit aus seinem Leben, aus dieser Welt überhaupt verschwinden. –

Es waren nicht nur die Fragen der Polizisten, die ihm später immer wieder zu schaffen machten, nein, es waren seine eigenen Fragen, er war sich über sich selbst nicht im klaren, ob er es nicht so gewollt hatte, wie es dann kam, und ob Mord, auch wenn er nur in Gedanken geschah, ein Mord war, erschrocken war er über sich selbst, dass ein anderer Mensch ihn dazu bringen konnte, seinen Tod herbei zu wünschen, was wohnte da in ihm an Dunkelheit und unklaren Gefühlen: Doch nur weil in ihm selber auch Böses schlummerte, konnte das Böse, das ihn von außen traf, das von Hartmut ausging, zum Bösen verleiten.

Hartmut hatte ihn bis zum Rand der Böschung gezogen, vor allen Augen wollte er zeigen, wie mutig er und wie feige dagegen Martin war, wollte Martin „vorführen", Martin sah den blanken Hass in seinen Augen, die dicht vor ihm waren, nun, du wirst klein beigeben, sagten diese Augen, gegen meinen Willen kommst du nicht an, und dann wusste er auch, was Hartmut mit ihm vorhatte, er wollte ihn den Hang hinunter stoßen, ihn festhalten und dann um Gnade winseln lassen, dass er ihn wieder hinaufzöge, so wie er es mit einigen anderen Junge schon gemacht hatte, denen er dann anschießend die

Gnade gewährt hatte, in seiner Bande aufgenommen zu werden.

Und wieder gab es für Martin keine andere Möglichkeit, als diesen Kampf anzunehmen, es hieß wieder Gewalt gegen Gewalt zu setzen, so wie es damals nach der Klassenfahrt zum Kampf hatte kommen müssen, gleichgültig, wie er ausginge, so war es auch jetzt: Einen Augenblick zwar tauchte blitzartig in seiner Angst das Altarbild des Gekreuzigten aus jener Kirche auf, und er fragte sich, was dieser wohl getan hätte, er hätte vielleicht die Kraft gehabt, sich nicht zu wehren, Hartmut zu beruhigen, Schmach und Niederlage auszuhalten, – aber er merkte schon, wie die heiße Wut in ihm die Oberhand gewann, wie sie ihm Kraft verlieh, spürte, wie er Hartmut packte, sah dessen erstaunte Augen, in denen jetzt Angst stand, und spürte, wie ihm dies Genugtuung verschaffte, die Faustschläge kamen wieder, er erinnerte sich an den früheren Kampf, und wie damals umklammerte er Hartmut mit aller Kraft, drückte ihn unaufhaltsam nieder, so sehr dieser auch um sich schlug, und hielt ihn dann minutenlang am Boden fest.

Einige der Jungen und Mädchen lachten, auch Hartmuts Freunde waren dabei, dieser hörte es, es musste ihn rasend machen, hier auf dem Boden zu liegen, besiegt, vor aller Augen der

Unterlegene, sein Ansehen stand auf dem Spiel, und er sann darauf, wie er sich – unter Einsatz aller Mittel – aus dieser für ihn so vernichtenden Situation befreien konnte.

Plötzlich hörte all seine Gegenwehr auf, gut, Martin habe gewonnen, sagte er, das sei nun klar, und jetzt könne er ihn ja loslassen. Es war eine List, er wollte aufs Neue auf Martin losgehen, in seinem abgründigen Hass wollte er noch immer nicht aufgeben, der Alkohol, den er zu sich genommen hatte, verminderte seine Selbsteinschätzung und Selbstkontrolle zusätzlich, und sobald ihn Martin losgelassen hatte, sprang er auf – aber er hatte in der Hitze des Kampfes und Angesichts seiner Schmach vergessen, dass sie am Rande des Steinbruchs gekämpft hatten, er verlor den Halt unter den Füßen, fiel nach hinten, er ruderte mit den Armen, einige Umstehende stießen einen Warnschrei aus, aber es war zu spät, er verlor endgültig das Gleichgewicht und stürzte nach hinten den Steinbruch hinunter.–

Polizei und Rettungswagen kamen, der Notarzt konnte nur noch den Tod durch Genickbruch feststellen – für Martin waren es danach dunkle Tage, den Nachmittag verbrachte er meist einsam auf dem Speicher, er wollte niemanden sehen und sprechen, auch in Herrn Sperlings

Garten ging er nicht, es stand ihm oft das Altarbild des Gekreuzigten vor Augen, und in langen Grübeleien ging er den Fragen nach, wie man das Böse überwinden könnte ohne selbst böse zu werden, und ob der gesenkte Kopf des Gekreuzigten eine Antwort sein könnte.
Oder ob das Böse immer listiger sei als das Gute, weil es so geschickt und immer wieder anders erscheine, und es war ihm auch klar, dass mit Hartmuts Tod das Böse für ihn nicht wirklich überwunden war, da hätte etwas anderes geschehen müssen, das Ende des Bösen war ja nur durch die Liebe zu gewinnen,
durch die Liebe, die gerade auch die Feinde mit einschloss, so wie sie auf dem Gesicht des Gekreuzigten zu sehen gewesen war, und die Frage, wer der Stärkere sei, war nicht so auszumachen, wie sie beide es versucht hatten, aber Hartmut hatte ihm ja die Waffen für den Kampf vorgeschrieben, und das war ja gerade seine, Martins, eigene Not und zuletzt auch seine eigene Niederlage gewesen, dass er diesen Kampf auf diesem Niveau angenommen hatte, dass er Hartmuts Hass mit seinem Hass und nicht mit Liebe beantwortet hatte.
Seine Fragen und Gedanken schrieb er mit fliegender Schrift am Schreibtisch unter der Dachluke in seine Schreibkladde, einmal würde

er alles Karin vorlesen, sie würde ihn verstehen, aber jetzt wollte er sie mit seinen Gedanken nicht belasten, erst dann, wenn es ihr besser gehen würde, wollte er mit ihr darüber sprechen, sie hatte so vernünftige, realistische Ansichten über alles.

10.

Es war an einem sonnigen, heißen Sommertag, als Martin nach der Schule auf seinem Heimweg die Tür der Kirche, an der er jeden Tag vorbeikam, offenstehen sah. Aus irgendeinem Grund, den er sich selber nicht erklären konnte, spürte er heute den Drang, nicht vorbeizugehen, sondern – zum mindesten vom Eingang aus – in das Kircheninnere zu sehen. So trat er aus dem gleißenden Licht der Straße in das Dunkel der Kirche ein. In den Bänken saßen Menschen, vorne vor dem Altar stand der Geistliche, er sprach zu ihnen, hinter ihm auf dem Altar stand ein Bild, der Gekreuzigte war darauf gemalt, seinen Kopf hatte er seitlich fallen gelassen, er war dargestellt in dem Augenblick, in dem es von ihm hieß: „Und er neigte sein Haupt und verschied."

Von Liebe hörte Martin den Geistlichen reden, die Menschen in den Bänken hörten ihm zu, als tränken sie seine Worte wie Dürstende, und Martin fühlte sich plötzlich sehr mit ihnen verbunden, er dachte an seine Liebe zu Karin und die Probleme, die sie zu Hause deswegen hatten, er dachte auch daran, dass es Karin in letzter Zeit nicht gut ging und er sich Sorgen um sie machte, auch er hatte ja Durst, auch er brauchte wie alle diese Menschen hier „Wasser und Brot zum Leben", wie der Prediger sich ausdrückte, er brauchte Trost, darin war er wie alle diese Menschen auch, ihnen gleich, und so hörte er aufmerksam zu, wie der Prediger dort vorne von der Liebe sprach, die das Leiden, ja auch den Tod nicht gescheut und die gerade so ihre Erfüllung gefunden hatte. Und es wurde Martin traurig ums Herz, es war ihm, als öffne sich vor ihm plötzlich ein gähnender Abgrund, weil er spürte, dass hier auch von ihm und seinem Schicksal und von seiner Liebe gesprochen wurde, und er sah wie hilfesuchend auf das Bild des Gekreuzigten auf dem Altar, und es war wie ein Wunder, es stellte sich mit der Traurigkeit auch ein tiefer Trost und Friede ein, den er noch nie empfunden hatte.

x

Der Tee stand unangerührt in den Tassen, er war längst zu kalt, als dass man ihn noch hätte trinken können, die Kinder spielten draußen auf dem Vorplatz vor dem Eingang des Asylheims, wir hörten manchmal ihre Rufe durch das geöffnete Fenster, es war ein heißer, schwüler Sommertag, Sara, die junge, schöne Afrikanerin saß mir und Martin Weiss auf dem ausgedienten

Sofa gegenüber – eine Spende aus der Bevölkerung für die Asylsuchenden.

Wie vital sie ist, dachte ich, nicht nur wegen ihrer dunklen Hautfarbe, nein, ihre Bewegungen, ihr dunkles Lachen, alles an ihr strahlt ein gelassenes, selbstsicheres Körpergefühl aus, sie spricht mehr mit ihren Augen, mit ihren Gesten als mit Worten, und was sie zu sagen hat, was sie Martin deutlich machen will, ist eigentlich klar. Und im Grunde hatte ich es doch immer gespürt, dass sie Maurice, ihren Mann, der vor einigen Monaten an einem schweren Herzinfarkt gestorben war, nur geliebt hatte, so wie dies eben eine Frau tut, die sich ihrem Mann gegenüber zur Treue verpflichtet fühlt. Aber sie hatte es mir bereits vor einigen Tagen gestanden, dass sie sich trotz des großen Altersunterschiedes zu Martin hingezogen fühle wie bisher zu keinem anderen Mann, dass sie seine sensible Verletzbarkeit, die sich in seinen feinen Gesichtszügen ausdrückte, vom ersten Augenblick zutiefst berührt hätte, – und nun, was wäre natürlicher für sie und für ihn, als dass sie sich füreinander öffneten. Aber wieder ist bei Martin Weiss diese Schwelle, und ich weiß ja auch, woher sie kommt, kaum überwindbar scheint, was man ihm damals angetan und in ihm zerstört hatte. Damals hatten Karin und er sich füreinander öffnen wollen – und man hatte sie voneinander getrennt, Barrieren errichtet, weil sie zu jung seien, weil es sich nicht gehöre, weil es Karin krank mache, seelische und körperliche Blockaden waren bei ihm entstanden, die schwer zu überwinden waren.

Er berichtete mir in einer Therapiesitzung:

Ich sah zu Sara hinüber, der jungen Frau aus dem Zaire, die es nun mit mir zu tun bekommen hatte, dadurch, dass sie mich zu lieben begonnen hatte, die dafür schon jetzt zu bedauern war, die nicht wusste, was sie sich damit antat. Einmal fing sie meinen gequälten Blick auf, hielt ihn fest, dass er sich in ihren Augen verlor, und gewiss spürte er in ihrem Blick die leidenschaftliche, ruhige, sichere Glut ihrer Liebe, und es war eine natürliche selbstverständliche Bewegung, mit der sie jetzt auf mich zukam, behutsam mit ihren Lippen meinen Mund öffnete, ich spürte ihren Körper, wie er sich weich an meinen schmiegte, eine Welle zärtlichen Gefühls durchströmte mich.
„Wir gehören doch zusammen, das weiß ich ja, seitdem ich dich zum ersten Mal sah," sagte sie mit ihrer tiefen, zärtlichen Stimme, ein starker intensiver Geruch entströmte ihrem Körper, es

war wie der Geruch dunkler, fruchtbarer Erde, es war wieder wie ein Zuhause, das ihn umfing, in dem er sich bergen konnte, grenzenloses Vertrauen und Liebe zu ihr durchdrangen ihn. „Und er, Maurice?" fragte ich, aber ich wusste bereits, bevor ich es fragte, dass hier keine Fragen mehr zu stellen waren, alles war bei ihr so einfach und klar. - „Ich war ihm eine gute, treue Frau", sagte Sara. „Aber nun ist er tot, und wir leben, und wir lieben uns, ist es nicht so?"
Ja, es war so, und es war schon einmal so gewesen, und das war es ja, was mir so unfassbar erschien, mich zögern ließ, sollte sich denn wiederholen können, was unwiederbringlich verloren zu sein schien, sollte das Wunder der Liebe mir noch einmal begegnen – nachdem es doch schon einmal zerstört wurde?
„Ich wollte ihm helfen, sich hier zurecht zu finden", sagte ich wie um mich zu entschuldigen. „Dr. Herz, mein Therapeut – du kennst ihn ja – er hatte mich darum gebeten, mich um ihn zu kümmern." Ich hielt inne und sah sie an. Und es war ein wenig so, wie wenn ich Karin angesehen hatte, ihr Gesicht verursachte in mir eine Seligkeit, die so stark war, dass sie schmerzte, alles schien sich in mir aufzulösen und zu ihr hinzuströmen.

„Hätte ich ihm helfen können, wenn ich sein Freund gewesen wäre?" fragte ich, es war mehr eine Frage, die ich mir selbst stellte. Warum fiel es mehr so schwer, Freundschaft zu schließen, warum waren mir Vertrauen, Vertraulichkeit und Nähe zu einem Menschen so schwer möglich?
Sara schüttelte den Kopf und lächelte, nein, sagte sie, Freunde seien er und Maurice nicht gewesen, aber Vorwürfe brauche er sich deswegen nicht zu machen, Freundschaft, sagte sie, das sei wohl etwas, was mir sehr schwerfalle, weil ich fürchtete, meine Seele werde dabei verletzt, aber diese Angst brauchte ich bei ihr nicht zu haben – und ich spürte wieder, dass alles, was von ihr ausging, richtig und wahrhaftig war. So waren da nur noch unsere füreinander geöffneten Sinne, und wir waren einander nahe wie nur Liebende sich nahe sein können und es war das Leben, es war Lust und Erfüllung. Vielleicht, dachte ich, wenn ich so werden könnte wie sie, wenn auch bei mir alles ineinanderfließen würde, Glück und Leid, und ich so ganzheitlich leben könnte wie sie, weil es ja kein Glück ohne Leid gibt, weil vielleicht gerade das Leid und die Schmerzen eine Seele so groß werden lassen, dass in ihr alle Erfahrungen wohnen können, die guten und die schlechten, und dass nach diesem Öffnen für die Welt und die Menschen in ihrer ganzen Realität

zwar keine heile Welt und keine Harmonie entstünden, wie ich sie mir als Kind oftmals erträumt habe, aber doch wieder eine Einheit, ein Leben, das mir auf neue, Weise gegeben wird, indem ich es hingebe an andere und ihnen vergebe.
Solche und ähnliche Gedanken kamen mir, wenn ich in Saras Augen sah.

11.

Martin Weiss stand vor dem alten Gymnasium, einem roten Backsteingebäude, in dem er neun Jahre seines Lebens verbracht hatte.
Wie einsam er hier doch unter den vielen andern Jungen gewesen war, besonders die erste Zeit war ihm schwer geworden, nachdem sie beide getrennt worden waren, Karin war nach dem Willen ihres Vaters auf eine andere Schule gekommen, wie verloren hatte er sich tagsüber ohne Karin gefühlt.
Es war am letzten Schultag vor den Weihnachtsferien, Martin erinnerte sich genau.
Ein feiner Nebel hing in den Straßen, Reste verharschten Schnees lagen am Rand der Bordsteinkanten und auf den Bürgersteigen, die Welt gab sich farblos in Schwarz-Weiß, ein milchiger, trüber Himmel ließ der Sonne keine Chancen, ihr mattes, gebrochenes Licht verbreitete unter den Menschen eine verhaltene, ja
melancholisch-gedrückte Stimmung, so hatte er, Martin, es jedenfalls damals empfunden. Und es war ihm erschienen, als sei dies so recht zu seiner Stimmung auf dieser Schule passend, sein Leben schien ihm hier dunkel und beschwert, er vermisste Karin an jedem Morgen neu, ihre

Lebensfreude, ihre strahlenden Augen, ja, auch ihre Ermahnungen, was seine Ordnung anbelangte, er spürte wieder fast schmerzhaft, wie sehr er diese kleine, energische Person gebraucht hatte, und nun fehlte sie ihm, während des Unterrichtes und in den Pausen fühlte er sich verloren und allein, dem Unterrichtsstoff folgte er oft nicht, stattdessen träumte er von Karin.

In den letzten beiden Stunden hatten sie Geschichte gehabt, dabei waren die Kerzen des Adventskranzes auf dem Lehrerpult ein letztes Mal angezündet worden, die römische Geschichte hatte ihr ihr Geschichts- und Religionslehrer auf das neue Jahr vertagt – und es war ihnen wieder gelungen, ihn auf jenes Thema zu bringen, bei dem er immer weit ausholte:

Durch welche Kräfte und Mächte wird die Geschichte der Menschheit und des einzelnen Menschen bestimmt, regiert der Zufall oder gibt es ein Schicksal, nach welchen Gesetzen entwickelt sich die Menschheitsgeschichte, gibt es nur das Recht des Stärkeren oder gibt es Freiheit, und waltet hinter allem doch letztlich ein höherer, göttlicher Wille?

Die Trennung Deutschlands in BRD und DDR, der Welt in den Ost- und Westblock nach dem Krieg – hätte es eine Chance gegeben, diese zu

verhindern, wenn der damalige Bundeskanzler Adenauer statt der Politik der Westintegration die der Neutralität vorgezogen hätte?
Martins Geschichtslehrer war der Meinung, dass es Anfang der fünfziger Jahre diese Möglichkeit gegeben hätte. Viel Leid, so meinte er, wäre dem deutschen Volk dann erspart geblieben, hätte es damals eine andere Politik gegeben. –

Als Martin Weiss mir diese Erinnerungen in einer unserer Therapiesitzungen erzählte, war die Wiedervereinigung beider deutscher Staaten schon vollzogen, und so ergab sich für uns die Analyse, dass eine geschichtliche Entwicklung, eine Entscheidung, bei der die eine Alternative sich auf Kosten der anderen durchsetzt, durch den weiteren Verlauf der Geschichte durch diese selbst korrigiert werden kann, auch wenn dies Jahrzehnte dauert und zunächst unmöglich und der gewählte Weg wie ewig gültig zu sein scheint: Eigentlich habe man in den Jahren vorher nie wirklich mit dem Fall der Mauer und der Wiedervereinigung gerechnet.
Das gelte auch für Alternativen in der persönlichen Lebensgeschichte zweier Menschen, sagte ich, auch da könne sich

bisweilen erst später einmal eine andere Lösung eines Problems ergeben.
Nur, erwiderte Martin Weiss, kann eben oft der Tod dazwischentreten und dann habe der eine Teil, der Überlebende, die ganze Last einer abgebrochenen Lebenslinie zu tragen.
Ich erwiderte darauf nichts, denn eben diese Last wollte ich ja ihm zu tragen helfen, dies konnte aber nur gelingen, wenn ich ihm zunächst weiter in seine Vergangenheit folgte.
So fuhr er in seinem Bericht über seinen Geschichts- und Religionslehrer fort:

Dann habe, so berichtete Martin Weiss weiter, sein Geschichts- und Religionslehrer, den er im Übrigen sehr verehrt habe, ein persönliches Beispiel aus seiner Familie gebracht: Er habe als Kind eine beginnende Hirnhautentzündung gehabt, diese sei aber rechtzeitig mit Penicillin behandelt worden, das erst nach 1949 in Deutschland erhältlich war. Der Alliierte Kontrollrat habe die Nutzung des von Fleming entdeckten Penicillins weder in der Forschung noch in der medizinischen Anwendung erlaubt. Erst 1946 sei ein Penicillin unter letztlich ungeklärten Umständen zu einer deutschen Chemiefirma gelangt, in der eine Produktion begonnen worden sei. Allgemein erhältlich war es in Deutschland erst nach 1949, also gerade rechtzeitig, um bei ihm Schlimmeres, etwa eine geistige Behinderung oder auch den Tod zu verhindern. Leider sei sein Bruder einige Jahre zuvor im Krieg an derselben Krankheit, an Hirnhautentzündung, erkrankt, damals habe das Penizillin noch nicht zur Verfügung gestanden und sein Bruder sei seit seiner Erkrankung geistig behindert. Zufall oder Schicksal – jedenfalls habe er seine Gesundheit immer als Verpflichtung zur Dankbarkeit für sein Leben und zur Verantwortung für andere angesehen, auch deshalb habe er seinen Bruder bei sich aufgenommen, dem zufällig oder schicksalhaft das Glück versagt war, das er selber hatte. Auch Martin Weiss hatte geahnt, dass es hier um eine Lebenserfahrung ging, die ihm selbst in anderen Zusammenhängen auch immer wieder begegnen würde: Dass das Leben viele Möglichkeiten bereithielt, viele Chancen – dass es aber auch mit Enttäuschungen und Niederlagen auf ihn wartete, deren Bewältigung vielleicht nie ganz gelingen würde.

Die traurige Resignation in der Stimme seines Lehrers hatte auch ihn traurig gemacht, aber es war, so fand er, tatsächlich ein gewisser Trost, dass er als Gesunder seinem behinderten Bruder helfen konnte.

War es nicht zwischen Karin und ihm ein wenig so wie zwischen diesen beiden Brüdern, half nicht auch sie ihm auch zum Leben mit ihrer Lebensfreude, ihrer Vitalität und ihrer selbstlosen Liebe. –

Danach aber waren sie in die Weihnachtsferien aufgebrochen, bei den meisten hatte ohnehin einige Minuten später schon das Gefühl von Erleichterung, dem Schulalltag entflohen zu sein, das Erzählte wieder vergessen lassen.

Es hatte sich irgendwie von selbst ergeben, dass Martin mit Dieter, einem klugen, stillen Klassenkameraden ein Stück Weg gemeinsam ging – es war eigentlich auch kein Umweg für ihn, aber doch ein anderer Heimweg als der, den er sonst täglich nahm, für Dieter war es derselbe Weg, den er immer ging.

Es hatte sich heute so ergeben, gemocht und auch ein wenig beneidet hatte er Dieter immer schon, seine bedachtsame, zurückhaltende Art, die große Ruhe, ja Selbstsicherheit, die er ausstrahlte – etwas unnatürlich für sein Alter –, das alles hatte etwas Geheimnisvolles, Faszinierendes gerade für Martin, dessen innere Unsicherheit und Unruhe und leichte Erregbarkeit hierzu in krassem Gegensatz standen. Dieter hatte das, was er nicht hatte, worum er sich immer wieder vergeblich

bemühte: Ein selbstsicheres, souveränes Selbstwertgefühl. Er sprach wenig, eigentlich nur, wenn er gefragt wurde, aber gerade deswegen wurde er von den Lehrern gelobt: Was er sage sei durchdacht, in ordentlicher Form dargestellt, es sei von hoher Qualität, so wurde er mit Achtung, ja sogar mit Ehrfurcht behandelt, es hatte sich um ihn so etwas wie ein Aura gebildet, seine Klassenkameraden spürten deutlich den Vorsprung, den er wegen seines hohen Ansehens bei den Lehrern genoss, und dass Martin es war, der seinen Heimweg dem Dieter anpasste, war schon ein sichtbares Zeichen dieser Vorrangstellung – nun aber, so erwartete Martin, war es doch an Dieter, ihm ein Signal zu geben, wie es mit ihnen beiden "weitergehen" sollte, nun auch im wörtlichen Sinnes dieses Wortes:
Sie waren am "Berliner Platz" angekommen, hier trennte sich Martins Weg von dem Dieters.
Wo er wohnte, wusste Martin nicht, in seiner Phantasie malte er sich aus, es müsse noch einige Straßen weiter sein, dort warte eine Mutter von ebenso ruhigem und freundlichem Wesen wie ihr Sohn auf ihn, ja, diese Vorstellung zog ihn Dieter geradezu nach, er wollte mehr von ihm, von seiner Umgebung erfahren, wollte sehen, wie er wohnte. Aber sagen konnte er ihm dies nicht, er wartete darauf, dass Dieter ihn auffordern würde,

mit ihm zu kommen, oder, dass er ihn zumindest fragen würde, ob sie sich in den Ferien einmal treffen sollten. Wenn er dies nicht täte, so fragte Martin sich, ob dies dann nicht ein deutliches Zeichen von Dieter sei, dass er ihn, Martin, seiner Freundschaft nicht für würdig hielt, und schon bei der Vorstellung seiner Zurückweisung spürte er den Schmerz der darin enthaltenen Verachtung. Oder war es mehr so, dass es Dieter wie ihm selber ging, dass es ihm einfach schwerfiel, sich für andere zu öffnen und eine solche Einladung auszusprechen?

Oder wollte Dieter vielleicht auch nur sein besonderes, ja bisweilen geheimnisvolles Auftreten in der Schule vor weiterer Einsicht und so die Aura des großen geheimnisvollen Unbekannten bewahren?

Oder hatte er sich längst einen anderen seiner Klassenkameraden als Freund erkoren - und empfand es als aufdringlich, dass Martin sich ihm angeschlossen hatte?

Es mochten nur Sekunden gewesen sein, dass sie innegehalten hatten an jener Stelle, da sich entweder ihre Wege trennen mussten oder zu einem gemeinsamen Weg beginnender Freundschaft wurden.

Es war kalt, nichts hielt sie fest auf diesem belebten Platz, an dem die Autos an ihnen

vorbeirasten – unwirtlich war es, es gab keinen Grund hier zu verweilen,
die Entscheidung musste schnell fallen, Martin fühlte neben der Kälte, die ihn nicht nur äußerlich, sondern auch innerlich zu beschleichen begann, den nagenden, feinen Schmerz des Peinlichen an dieser Situation.
Aber Dieter blieb mit geheimnisvollem, lächelndem Gesicht stumm.
„Ich hätte es seinem Bruder gewünscht, dass es damals schon das Penicillin gegeben hätte", sagte Martin. "Dann wäre er heute nicht behindert."
Diese Worte waren von ihm aus wie eine Hand, die er Dieter entgegenstreckte, zaghaft, bittend, nimm sie, ich wage es ja, zu dir zu kommen in deine Welt, ja, sprich nur ein Wort, dann hast du mich als Freund gewonnen, dann öffne ich auch meine Welt für dich.
Dieters Lächeln wurde noch feiner, es war nur noch um seine Augen, jedes Wort, das er nun sprach, schien Tausende wert, wäre jedem Lehrer ein „Sehr gut" wert gewesen, und in großzügiger Noblesse sprach er die Worte, ohne Martin dabei anzusehen: „Es gibt in der Geschichte kein „Wenn" und „Wäre", Geschichte beruht auf Fakten, die unumkehrbar sind, alles andere sind müßige Fragestellungen. Wenn es das Penicillin damals schon gegeben hätte, heißt das ja nicht,

dass er es auch rechtzeitig bekommen hätte. Oder dass er nicht durch irgendeine andere Krankheit oder einen Unfall behindert geworden wäre. Was wäre, wenn, das ist in der Geschichte keine zulässige Frage, weder in der Weltgeschichte noch in der persönlichen Lebensgeschichte eines einzelnen Menschen, alles überflüssige "Wenns" und "Danns"."

Er sagte es in feinem, wohlwollendem, leicht belehrendem Ton, ein kühler Kopf, ein haarscharfer Analytiker war dieser Dieter schon in diesem Alter – Martin aber war noch immer nicht klar, ob seine Worte nun eine behutsame Zurückweisung oder eine behutsame Einladung waren. Noch schien ihm alles offen – noch schien ihm alles möglich, noch schien sich alles so oder so entwickeln zu können. Nähe, Freundschaft, Zutrauen zum anderen und zu sich selbst, das Hineinsehen in die Welt und in die Seele eines anderen Menschen – ja es schien Martin, als stünde er kurz davor, all dies zugewinnen, ja es schien ihm, als hinge sein ganzes weiteres Leben entscheidend davon ab, ob es ihm jetzt und hier gelänge, die Freundschaft dieses bewunderten, feinsinnigen Menschen zu erringen. Waren es unüberwindbare Barrieren in ihm, die eigene Scheu, ja Furcht davor, sich einem anderen

Menschen zu öffnen, auf die Gefahr hin, abgewiesen, zurückgestoßen zu werden, war es Willensschwäche, mangelndes Selbstbewusstsein, war es das Unvermögen, sich selbst und die eigenen Bedürfnisse nicht klar mitteilen zu können? Oder war es dieser andere Mensch, Dieter selbst, etwas Unklares in ihm oder etwa auch seine bewusste Ablehnung, der feien Zug einer arroganten Überheblichkeit und Selbstgefälligkeit, die er aber hinter seiner vornehmen Zurückhaltung zu verbergen verstand?

Wie sehr ersehnte Martin sich in diesem Augenblick diese Freundschaft, sie würde ihm, so hoffte er, im Schulalltag ein wenig den Verlust Karins ersetzen, und in Dieter vermutete er eine ihm verwandte Seele, ihr gegenseitiges Verständnis würde vieles erleichtern, er würde sich nicht mehr so allein fühlen, wenn er nicht mit Karin zusammen sein konnte.

Martin fürchtete sehr den Schmerz der Niederlage, wollte diese auf jeden Fall vermeiden, wollte sich immer noch zurückziehen können beim geringsten Anzeichen, dass er ihm als Freund nicht recht war, dass er ihn als aufdringlich empfand.

„Trotzdem tut er mir leid, es lässt ihn nicht los, er wird ja auch jeden Tag daran erinnert, wenn er seinen Bruder sieht", sagte Martin, seine Stimme klang dabei heiser, es fiel ihm jetzt schwer, noch weiter zu reden. Dieter zuckte die Achseln und lächelte in seiner stillen, freundlichen aber distanzierten Art, war dabei nun aber weitergegangen, schien einerseits zu erwarten, dass Martin ihn weiter begleitete, andererseits schien es ihm auch gleichgültig zu sein, wenn sie sich trennen würden – beides machte für ihn wohl keinen Unterschied aus, rätselte Martin.

Nicht, dass Martin bewusst stehengeblieben und Dieter allein hätte weitergehen lassen, nicht, dass Dieter ihn bewusst hätte stehen gelassen - sie kamen nur eben nicht zusammen, es vergrößerte sich unmerklich ihr Abstand voneinander, nach einigen Schritten sah Dieter sich noch einmal halb nach Martin um, als erwarte er ihn noch immer an seiner Seite – aber Martin hatte in sich nicht die Kraft gespürt, mit ihm zu kommen, sie war auch nicht von Dieter ausgegangen.

Nicht, dass sie die Freundschaft nicht gewollt hätten, sie war ihnen einfach nicht gelungen ähnlich wie es für den Bruder ihres Lehrers keine Heilungsmöglichkeit gegeben hatte, und er als Behinderter durch sein Leben gehen musste.

So blieb jeder bei sich, der große Schmerz einer Enttäuschung, aber auch die große Freude über eine Bereicherung blieb aus – nur eine lebenslange Traurigkeit, etwas unwiederbringlich verloren zu haben, blieb in Martin zurück und war Teil jeder Beziehung, die er einging – sie rührte her von dieser feinen, seelischen Wunde, dem ersten und misslungenen Versuch einer Freundschaft, eine Wunde, die sich nie mehr schloss, die nie mehr heilte.

Aber es blieb ihm ja noch seine Zuneigung zu Karin, noch einmal mehr brauchte er sie jetzt nach dieser schmerzhaften Enttäuschung, ihre Liebe schenkte ihm immer wieder Lebensmut, den er auch jetzt wieder brauchte, sie allein noch erschloss ihm den Zugang zum Leben und bewahrte ihn davor, sich ganz in die Selbstisolation zurückzuziehen. Sie schien ihm inmitten der für ihn so harten, grausamen Wirklichkeit wie etwas Vollkommenes, Reines, Erhabenes; bei all dem, was seine Seele an Verletzungen, an Zerstörungen erfuhr, in all seinen an Ängsten und Fluchtbewegungen schien Karins Liebe unerschütterlich, verlässlich, ein unzerstörbares, festes Band, ein Stück Himmel auf Erden, das sie ewig miteinander verbinden würde.

Er ging nicht gleich nach Hause, sondern irrte durch die Straßen der Großstadt, blieb gedankenverlorenen vor den Schaufenstern stehen, erst als die Dunkelheit in die

Straßenschluchten fiel, machte er sich auf den Heimweg. Überall wurden die Rolladen heruntergelassen, zwischen ihren Ritzen fiel etwas Licht auf die Fenstersimse und der Schnee schimmerte. Trat er unter eine Straßenlaterne, erhellte ihr Licht den Bürgersteig, und er dachte daran, wie Karin jetzt in ihrem Dachzimmer vor dem Schreibtisch saß und in einem Buch las, dort war Licht und keine Dunkelheit mehr, wohlige Wärme und keine schneidende Kälte wie hier in den zugigen Straßenschluchten.

Er beschleunigte seine Schritte, der Schnee knirschte unter seinen Füßen, vor dem kleinen Haus mit den grünen Schlagläden blieb er stehen, formte etwas Schnee zu einem Ball und warf ihn gegen Karins Fenster. Es dauerte nur wenige Augenblicke, bis sie das Fenster öffnete und zu ihm hinuntersah. „Ich komm herunter," sagte sie halblaut, damit ihre Eltern es nicht hören sollten, dann, nach kurzem, besorgtem Zögern: „Ist irgendetwas, Martin?"

„Nein," sagte Martin und er zögerte keinen Augenblick und es war ihm auch gleichgültig, ob ihre Eltern mithörten oder nicht, Tränen standen ihm dabei in den Augen, „es ist nur: Ich habe dich lieb – und das wollte ich dir sagen."

X

In einer unserer Therapiesitzungen versuchte ich, die Lebenssituation meines Klienten und Freundes Martin Weiss mit Hilfe der Astrologie zu analysieren, eine zwar ungenaue, nicht wie die Astrologie mathematisch-exakte, jedoch manchmal in ihren Aussagen verblüffend zutreffende Erfahrungswissenschaft. Von seinem Sternzeichen her war er Jungfrau, er strebte also immer nach der idealen, reinen, vollkommenen Liebe. Das gleiche galt für die Freundschaft, auch von ihr hatte er ein Idealbild, das damals in der schicksalhaften Ur-Erfahrung mit seinem Klassenkameraden Dieter zerstört wurde.

Freundschaften gelangen ihm in seinem Leben nie, auch wenn er sich immer wieder danach sehnte; schließlich erkannte er, dass Freundschaften nur so gut sein konnten wie die Menschen, die sie eingingen, und die Menschen waren eben nicht vollkommen gut, und so konnte auch das Band der Liebe und Freundschaft, das sie miteinander verbinden sollte, nicht gut und vollkommen sein. Und so reagierte immer wieder mit Rückzug besonders von den unsensiblen Menschen, ein typisches Merkmal der Jungfrau, die die Vollkommenheit suchte und die Einsamkeit liebte, weil sie die Deppen nicht ertrug, unter denen sie besonders litt.

Und diese Überempfindsamkeit gegenüber der Unreinheit und Ichhaftigkeit der Menschen und ihrer Beziehungen zueinander war auch der Grund dafür, dass er jetzt wieder mit Sarah Schwierigkeiten hatte, stets verglich er sie mit seiner ersten, vollkommenen Liebe. Er sah zwar ein, dass es in der Wirklichkeit kein absolutes Ideal geben konnte, auch nicht in der Liebe, dass es geradezu die Aufgabe für die „Jungfrau" war, Liebe und Freundschaft in ihrer ganzen Realität zu sehen und zu leben, nicht die vielen möglichen, unvollkommenen Freundschaften, die möglich waren, deshalb nicht einzugehen, weil sie nicht dem Idealbild und den Erwartungen einer vollkommenen, idealen Freundschaft entsprachen. Aber gerade weil ihm in seiner ersten Liebe diese absolute Vollkommenheit, das vollkommene Band der Liebe zwischen ihm und Karin geschenkt worden war, war es ihm bei seiner Suche nach einer neuen Liebe und nach Freundschaften unmöglich, auf diese Vollkommenheit zu verzichten. –

Er berichtete, es habe einen Streit mit Sara gegeben, die ihm vorgeworfen habe, hätte er habe sie zu wenig beachtet.

12.

Sie hatten wieder einmal zusammen Musik gehört - in der Gartenlaube des etwas sonderbaren, aber freundlichen Herrn Sperling. Mit der Zeit war ihnen auch klar geworden, warum er wie ein Einsiedler lebte, warum er sich hier in seinen Scherbergarten zurückgezogen hatte, er hatte ihnen viel aus seinem Leben erzählt, die Trauer um seine Frau hatte ihn so vereinsamt, er hatte sie sehr geliebt, vor einigen Jahren hatte er sie durch eine unheilbare Krankheit verloren hatte. Bis dahin hatten sie alles gemeinsam gemacht, Bekannte oder Freunde hatten sie nicht gehabt, sie waren einander genug gewesen.

Das war ihnen sehr nahe gegangen, und Martin hatte gesagt, dass er auch nicht wüsste, was er noch ohne sie machen sollte, wenn sie einmal getrennt würden, und Karin hatte ihm über die Stirn gestrichen, er solle nicht wieder ins Grübeln kommen, und hatte sich fest an ihn geschmiegt.

Hier bei Herrn Sperling konnten sie noch ungestört für längere Zeit zusammensein, nachdem Karins Eltern Martin das Betreten ich ihres Hauses verboten hatten.

Wenn sie bei einem Schlager der Rhythmus packte, hielt es Karin nicht mehr vor dem Radio, sie tanzten miteinander, Karin wirbelte Martin mit sich herum,
Herr Sperling brachte sich in seinem Garten "in Sicherheit", wie er es nannte.
Der stillere, bedächtigere Junge liebte das Mädchen um sehr mehr um ihre Vitalität und Lebensfreude willen, immer wieder hatte sie einen anderen Lieblingsschlager – erklang er im Radio, leuchteten ihre Augen auf, sie griff nach seiner Hand und zog ihn in die Mitte der Gartenlaube, ihrer Tanzfläche.
Es konnte bei solchem Tanzen und Herumwirbeln nicht ausbleiben, dass sie einander spürten, so spürten, wie sie es bisher noch nicht getan hatten.
Martin verwirrte es, wenn er ihren Körper an dem seinen spürte, und es machte ihn befangen, aber er wollte sich nichts anmerken zu lassen, einmal versuchte er auch, von ihr abzurücken, worauf sie allerdings mit Unverständnis und mit sofortiger neuer Annährung reagierte.
Ein ihm bisher unbekanntes, tiefes Gefühl bemächtigte sich seiner, verband sich mit der Zärtlichkeit, die er bisher für sie empfunden hatte, wenn er sie kurz umarmte, und er war sich nicht sicher, ob er es zulassen sollte.

Jedes Mal brauchte Martin einige Zeit mit sich allein auf dem Speicher, bis er wieder Herr über sein Empfinden geworden war – es musste ein großes, intensives körperliches und seelisches Erleben sein, das da auf sie beide wartete, das ahnte er – aber gleichzeitig hatte er auch Angst vor dem, was sich da in ihm regte, hatte Angst, seine Gefühle würden ihn überwältigen.

Es war bei einem langsamen Schlager, sie tanzten dich aneinandergeschmiegt in der Mitte der Gartenlaube, als Karin seine Befangenheit zu bemerken schien, denn sie nahm plötzlich sein Gesicht zwischen ihre Hände, dass er ihr in die Augen sehen musste, und als er versuchte, ihrem Blick auszuweichen, da lächelte sie ihn mit ihren strahlenden Augen an und sagte: „Wenn du wüsstest, wie lieb ich dich habe." Bevor er antworten konnte, hatte sie ihm einen Kuss auf den Mund gegeben und dann gefragt: „Hast du mich auch so lieb?"

Und er hatte in diesem Augenblick nicht sprechen können, sondern hatte stattdessen ihren Kuss erwidert.

Dann plötzlich war sie wieder müde geworden, wie es in der letzten Zeit immer öfter geschah, sie fühlte sich dann schwach und elend, legte sich auf das Sofa, sehr blass sah sie aus, auch Herr Sperling war besorgt, er macht ihr einen

Tee, mitunter war sie schon eingeschlafen, bevor sie ihn trinken konnte.

Martin machte sich Gedanken, noch so oft konnte er sich Herrn Sperlings ermahnendes „Grüble nicht, Junge" sagen, er wurde damit nicht fertig, er machte sich Vorwürfe, er selbst sei der Grund für Karins Schwäche, der Konflikt, den sie seinetwegen mit ihren Eltern hatte, müsse sie krank machen, so glaubte er.

Aber sie sprachen nicht darüber, auch nicht, wenn sie wieder bei Kräften war, nur zu deutlich spürte er, dass sie nicht über ihre Schwächeanfälle reden wollte, sie wollte die lebensfrohe, unbeschwerte, starke Karin für ihn bleiben, sie hatte sich doch so sehr vorgenommen, ihm, dem das Leben oft so schwerfiel, Lebensfreude und Lebensmut zu schenken. Grüble nicht, ermahnte sie ihn, und streichelte ihn, sah ihn mit ihren großen Augen so zärtlich und lieb an, dass er tatsächlich alle seine Sorgen vergaß, sie hatten ja einander, sie hatten ihre Liebe, und das konnte nie anders sein. Trotzdem kam es immer wieder dazu, dass er sich tagelang zurückzog und so sehr in seine Gedanken verstrickte, dass er aus eigener Kraft nicht mehr hinausfand, und immer wieder bewährte sich dann Karin als diejenige, die ihm heraushalf.

Nachdem sie sich einmal einige Tage nicht gesehen hatten, Martin sich auch im Garten des Herrn Sperlings nicht mehr hatte sehen lassen und Karin dort mehrere Male vergeblich auf ihn gewartet hatte, holte Karin ihn am Mittag von der Schule ab.

Er bemerkte sie gleich, als er aus dem Schulhof kam, sie lehnte an einer Hauswand, es fiel ihm wieder auf, wie blass sie in letzter Zeit geworden war,

sie griff nach seiner Hand und sagte, sie lade ihn zum Eis-Essen ein.

Und so waren sie zunächst schweigend Hand in Hand in die Innenstadt gegangen, plötzlich aber war Karin stehengeblieben und hatte ihn mit traurigen, vorwurfsvollen Augen angesehen und war mit ihrem Kummer herausgerückt:

„Warum sehen wir uns in letzter Zeit so selten? Dass du am liebsten allein bist, weil es dir unter Menschen so schwerfällt, das weiß ich, aber warum ziehst du dich jetzt auch von mir zurück," fragte sie ihn. „Was habe ich dir nur getan?"

Und dabei bekam sie – wie immer, wenn sie über etwas nachdachte oder über etwas ärgerlich war – kleine Fältchen auf der Stirn, wie Martin jetzt wieder feststellte.

Nach einigem Zögern rückte er heraus mit seiner Besorgnis, sie leide unter ihrer Beziehung zu

ihm, er belaste sie nur, und das gestörte Verhältnis zu ihren Eltern mache sie krank, und es ginge ihr doch nicht gut, das sähe er doch.
Darum habe er sich von ihr zurückgezogen, aber er habe ihr damit nicht weh tun wollen.
Und dabei erstickte seine Stimme fast, aber nun war er es losgeworden.
Jetzt traten Tränen in ihre Augen, ihr Gesicht wurde so traurig, dass Martin erschrak, er legte den Arm um sie und beteuerte noch einmal, er habe ihr nicht weh tun wollen, er sei doch nur besorgt um sie.
Sie hatte seine Hand genommen, sie fest an sich gedrückt und gesagt, so etwas solle er nie noch einmal denken, geschweige denn sagen, sie liebe ihn doch und das sei für sie das Wichtigste, ihre Eltern seien schon lange nicht mehr wichtig für sie, und wenn es ihr jetzt manchmal nicht so gut ginge, dann habe ihr ihre Liebe und das Zusammensein mit ihm immer am meisten geholfen. Und wenn sie sich einmal nicht hätten sehen können, hätte ihr die Vorfreude auf ihn immer wieder neue Kraft gegeben. Und nichts und niemand werde sie beide auseinanderbekommen, das wollten sie sich noch einmal schwören.
In der Eisdiele hatten am Nachbartisch einige Mädchen aus Karins Schule gesessen, sie hatten

immer wieder zu ihnen herübergesehen, dann die Köpfe zusammengesteckt und gekichert, sicherlich hatten sie über Martin und Karin gesprochen, als sie nun aufstanden und an ihrem Tisch vorbeikamen, sagte Ingrid, jenes Mädchen, das damals ihrer Lehrerin, Frau Rose, über den „Vorfall" auf dem Schulhof unterrichtet hatte: „Auf krank machen und Schule schwänzen, um mit Jungens in Eisdielen herumsitzen, so was müsste man eigentlich dem Klassenlehrer melden", sie rümpfte dabei die Nase und war verschwunden, ehe Karin oder Martin etwas hätten erwidern können.

Wieso sie auf Schule-schwänzen gekommen sei, fragte Martin anschließend verständnislos, Karin hatte ihr Gesicht etwas abgewandt, und gesagt, das habe nichts zu bedeuten, sie fühle sich manchmal eben nicht wohl, dann könne sie nicht in die Schule gehen, aber das sei nur ganz selten einmal vorgekommen, und er solle sich bloß nicht wieder zu viele Gedanken machen. Und dann lächelte sie und sagte: „Grüble nicht, würde jetzt Herr Sperling sagen. Und weißt du, was wir jetzt tun, jetzt besuchen wir ihn in seinem Garten."

Aber so sehr sie sich auch bemühte, für ihn die alte lebenslustige Karin zu sein, Martin spürte

doch, wie sie gegen ihre körperliche Schwäche, ihr Unwohlsein ankämpfen musste.
Und nun hatte er ihr durch sein Sichzurückziehen zusätzlich Kummer gemacht, er musste dies auf irgendeine Weise wieder gut machen, und als sie dann an einem Stand mit Schmuck vorbeikamen und Karin eine Haarbrosche, die einen Schmetterling darstellte und in den verschiedensten Farben glänzte, besonders gut gefiel, kaufte er sie ihr, sie steckte sie sich in ihr dunkelblondes Haar, fragte ihn, ob sie ihm an ihr gefalle und er versicherte ihr dies mit einem Kuss.

x

Und dann geschah etwas, das noch einen weiteren Schatten auf ihr Glück warf.
Martin war wie sonst auch schon oft nach dem Mittagessen und dem Erledigen seiner Schulaufgaben in den Schrebergarten Herrn Sperlings gegangen, mit einem Buch unter dem Arm, das er dort in der Gartenlaube lesen wollte, während er auf Karin wartete, um ihr dann einige Abschnitte, die ihm besonders schön und bedeutsam erschienen, vorzulesen.
Er wunderte sich, dass die Tür der Gartenlaube abgeschlossen war, wohin mochte Herr Sperling

gegangen sein, er war sonst immer zu dieser Zeit hier in seinem Schrebergarten anzutreffen. Martin trat vor das Fenster und versuchte, in die Laube hineinzusehen.

Zunächst begriff er nicht, was er sah, Herr Sperling hing an einem Seil, das an einem Dachbalken befestigt war, die Haltung seines Kopfes erinnerte Martin sogleich an den zur Seite geneigten Kopf des Gekreuzigten auf dem Altarbild in jener Kirche, die er auf seinem Heimweg von der Schule einmal betreten hatte.

Dann wurde ihm klar, dass Herr Sperling seinem Leben ein Ende gemacht hatte, er hatte sich erhängt, Unsinniges, Zusammenhangloses ging ihm zunächst durch den Kopf, wie „Nicht grübeln, Junge", wie konnte der Mensch, der ihn immer ermahnt hatte, den Kopf nicht hängen zu lassen, Solches tun, eine stehende Redewendung war dieses „Nicht grübeln" geworden, mit der er ihn, Martin, hatte lebenstüchtig machen wollen, aufwecken aus seinen Träumen, fähig machen zum Durchhalten im Lebenskampf – und nun war er selbst, Herr Sperling, seinem Grübeln und seiner Depression erlegen, hatte wohl den Verlust seiner Frau nicht verkraftet – und auch dies bestätigte sich, nachdem die Polizei, die Martin verständigt hatte, die Laube aufgebrochen hatte, fand sich ein Abschiedsbrief, in dem Herr

Sperling schrieb, sein Leben habe ohne seine Frau keinen Sinn mehr, er habe geglaubt, über ihren Verlust hinwegzukommen, aber seine Trauer sei doch zu groß, er wünsche allen denen, die ihn gekannt hätten – er vermied dabei gewiss mit Bedacht, Karin und Martin mit Namen zu nennen – dass ihnen das Leben besser gelingen möge als ihm, zuletzt hatte er noch hinzugesetzt: „Mach du es besser als ich, du weißt schon: Nicht grübeln, mein Junge." –
Nachdem die Polizei gekommen und der Leichnam von Herrn Sperlings Leichnam abtransportiert worden war, saßen sie lange schweigend nebeneinander im Gras, Karin hatte lange still geweint, Martin fehlten die Tränen, er fühlte sich wie betäubt. Sie hielten sich fest umklammert, zunächst zitterten sie beide, dann beruhigte sie sich langsam, einer spürte die Wärme den anderen.
Nach langer Zeit sagte Karin:
„Er war ein guter Mensch, er hat uns verstanden."
„Er war der einzige", sagte Martin.
„Er ist jetzt im Himmel", sagte Karin. „Ja, ganz gewiss ist er das."

13.

Die Straße, die schwarze Straße vor ihrem Haus, sie war randvoll gefüllt mit Leid, es floss hinunter wie ein dunkler Strom, dessen Sog ihn mit sich fortriss.
Es war ihm aufgefallen, wie blass ihr Gesicht geworden war, er machte sich Sorgen um sie, aber er glaubte ihr, als sie ihm erklärte, es habe damit zu tun, dass sie sich nun, da sie auf zwei verschiedene Schulen ginge, viel weniger sehen könnten und sie sich außerdem auf der neuen Schule in ihrer Klasse gar nicht wohl fühle.
Dann war sie so krank geworden, dass sie das Haus nicht mehr verlassen durfte und im Bett bleiben musste.
Er stand vor dem kleinen Haus mit den grünen Schlagläden, dort oben in ihrem Zimmer unter dem Giebeldach musste sie jetzt liegen, an ihrem Fenster waren die Schlagläden zugeklappt, wie wird es ihr gehen, was denkt sie jetzt, wird sie überhaupt die Kraft haben, irgendetwas zu denken, an ihn zu denken, hat sie Schmerzen, fühlt sie sich schwach, elend – helfen ihr die Medikamente, können die Eltern sie trösten?
Er merkte, wie diese Fragen seinen Kopf schwerer und schwerer werden ließen, bis er schließlich nur noch das Eine denken konnte:

Ich muss zu ihr, ich muss bei ihr sein, koste es, was es wolle,
ich muss hinein zu ihr – und wenn es sein muss mit Gewalt.
Wer gab ihnen eigentlich das Recht, sie beide zu trennen,
stand er ihr nicht noch näher als Vater und Mutter,
war ihre Liebe zueinander nicht stärker und wichtiger als alles andere,
auch als das unsinnige Verbot ihrer Eltern?
Er öffnete das Tor zum Vorgarten, ging den Weg entlang bis zur Haustür - früher einmal war er hier ein und aus gegangen, wie verkehrt, wie verdorben war diese Welt, waren die Erwachsenen: Als es ihnen nur wie eine Freundschaft zwischen ihm und Karin erschienen war, da hatte man ihn ohne Bedenken eingelassen, aber als es ihnen klar wurde, dass er ihre Tochter liebte, da hatten ihn ihre Eltern ausgesperrt wie einen Bösewicht oder wie einen Kranken, vor dessen gefährlicher, ansteckender Krankheit man sich schützen musste.
Damals hatte er sich ihrem Willen gebeugt.
Aber nun musste er hinein, es ging ja um Leben und Tod, sie brauchte ja seine Hilfe, brauchte ihn in ihrer Not - da musste er seinen Willen gegen den ihrer Eltern setzen, da musste er kämpfen.

Für sich selber zu kämpfen fiel ihm ja schwer, da war er hilflos, wusste nicht, wie er sich wehren sollte, zog sich lieber in sich selbst zurück, aber für Menschen, denen es zu helfen galt, und vor allem für sie, die ihm alles bedeutete, da konnte er über seinen Schatten springen, da überwand er alle ängstliche Zurückhaltung, alles Weiche, alle Verwundbarkeit.

Er schellte, hörte auch von innen Schritte, aber es wurde ihm nicht geöffnet.

„Wir wissen, dass du es bist", hörte er die Stimme ihrer Mutter hinter der Tür.

„Bitte geh, wir wollen dich hier nicht, das weißt du doch."

Und nach einer Pause mit erhöhter Stimme:

„Du schadest ihr nur, früher war unsere Tochter ein fröhliches Kind,

und nun ist sie krank, und du bist an allem schuld."

Wie konnten sie ihm die Schuld an der Erkrankung Karins geben, ihm, der sie mehr liebte als sein eigenes Leben – aber hatten sie vielleicht doch recht, hatte vielleicht gerade seine Liebe Karin zerstört, hatte er sie mit seiner Liebe krank gemacht?

Die Worte ihrer Mutter drangen in ihn ein – sie schienen ihm wie Anklage und Urteil zugleich,

die seine Schuld und Strafe feststellten und ihn vernichteten, indem sie ihn zum Tod verurteilten.
Er schluchzte auf, in seinem Kopf drehte sich alles, fast war ihm schwindelig, er setzte sich auf die Treppe vor der Haustür, vergrub den Kopf in seinen Armen,
sein Inneres war nichts mehr als eine große Wunde, er vermochte keinen klaren Gedanken zu fassen.
Dann musste er in seiner Verzweiflung längere Zeit gegen die Tür geschlagen haben, bis die Polizeibeamten, die von Karins Eltern gerufen worden waren, ihn packten und mit ihrem Wagen abtransportierten.
Es war ein Zerreißen der Welt, ja es war mehr als das, es war ein Zerreißen dessen, was nie Welt geworden war, weil die Welt es nicht hätte fassen können, und das deshalb nur in der Seele eines Jungen wohnte, einer Seele, die noch die tiefe Sehnsucht nach vollkommener Liebe, Wahrheit und Gerechtigkeit in sich trug. Und all dies wurde erbarmungslos zerstört.
Wenn es überhaupt etwas gab, das Martin hätte helfen können, jene Katastrophe in diese Welt einzuordnen, dann hätte es etwas mit jenem Augenblick damals zu tun gehabt, als er auf dem Heimweg von der Schule aus dem hellen Licht

eines Sommertages in die Dunkelheit einer Kirche getreten war.

Dort hatte ihn ja auch zunächst Finsternis umfangen, bis er über die Köpfe der Gottesdienstbesucher hinweg über dem Altar das Bild des Gekreuzigten gesehen hatte, der mit hängendem Kopf und gebrochenem Auge am Kreuz hing –

es war der Augenblick nach seinem Schrei gewesen, warum Gott ihn verlassen habe.

x

Sara hatte Kummer, das sah er ihrem Gesicht an, es zeigte immer unmittelbar und ganzheitlich, was sie gerade empfand, wenn sie sich freute, dann erstrahlte es in ganzer Freude, war sie betrübt, dann versuchte sie erst gar nicht, sich selbst und anderen etwas vorzumachen, sie war eben traurig, sie nahm dieses Leiden, das sie getroffen hatte, an, ohne es verdrängen zu wollen, sie lieferte sich ihm aus, das gerade – so empfand Martin – machte sie so stark.

Als er sie nach dem Grund ihres Kummers fragte, reichte sie ihm wortlos einen Brief, er war vom Rektor der Schule, auf die ihre beiden Söhne gingen, und er bezog sich auf den jüngeren, Daniel, er habe bereits seit drei Tagen den Unterricht ohne Entschuldigung versäumt, und auf die Frage an den Bruder, David, ob er erkrankt sei, habe es keine eindeutige Antwort gegeben, man ersuche deshalb entweder um ein ärztliches Attest oder um einen Besuch der Mutter in der Schule.

Es verletzte Sara, dass Daniel sie offensichtlich getäuscht hatte, wie sein Bruder hatte er sich morgens auf den Weg zur Schule gemacht, war aber - aus welchem Grund auch immer - nicht dort hingegangen.

Diesen Grund galt es herauszufinden und sie bat Martin, ihr dabei zu helfen, und so wartete er mit ihr gemeinsam im Asylheim bis mittags auf die Rückkehr der beiden Jungen aus der Schule.

Als sie gemeinsam das Zimmer betraten, befragte Sara ihren Sohn nicht, wo er gerade herkomme, sie wollte nicht, dass er ihr gegenüber auch noch zum Lügen verleitet wurde, sie las im einfach den Brief seines Rektors vor.

Schweigend hörte der Junge zu, er vermied es, der Mutter in die Augen zu sehen, und auch als diese ihn nun fragte, warum er nicht zur Schule gegangen sei, antwortet er nicht. Er war der stillere, sensiblere der beiden Brüder, in vielem erinnerte er Martin an sich selbst, wie er sich als introvertiertes Kind so oft in sich selbst zurückgezogen hatte, es war der ältere Bruder,

David, der schließlich Auskunft gab. Er berichtete von Auseinandersetzungen auf dem Schulhof, einige hätten sie wegen ihrer dunkeln Hautfarbe verspottet, und hätten sie zunächst nicht mit Fußball spielen lassen wollen.
David, der robustere der beiden Brüder, hatte sich solchermaßen nicht einschüchtern lassen, hatte sich einfach den Ball geholt und auch bald ein Tor geschossen, auf diese Weise hatte er sich rasch den Respekt der andern erworben und war bei ihnen integriert, Daniel aber hatte sich in sich selbst zurückgezogen, die erlittene Kränkung vermochte er kaum zu überwinden, sie war so stark, dass er auch nicht mehr in einem Klassenraum mit denen zusammen sitzen wollte, die ihm solches Unrecht angetan hatten.
Wie gut konnte er ihn verstehen, diesen in seiner Seele so tief verletzten Jungen, es war Martin, als seien die ihm zugefügten seelischen Wunden seiner eigenen Kindheit ganz frisch, eben erst geschehen, aber während er noch darüber grübelte, wie unverbesserlich zerstörerisch Menschen zu allen Zeiten waren, hatte Sara schon ihren Sohn zu sich gezogen, sie legte die Arme um ihn, reden tat sie nicht, sie ließ ihn einfach nur ihre ihn bergende Gegenwart spüren, die so tief reichte wie die Verletzung, die er erlitten hatte, in dieser Liebe geschah Trost und

Heilung, spürte Martin, die Erfahrung von Liebe war ja das Einzige, was half, die erlittene Verletzung in der Seele dieses Jungen ertragbar zu machen, auch das hatte er ja selbst so erlebt, auch das war ihm damals geschenkt worden: Was hier dieser Junge von seiner Mutter geschenkt bekam an Lebenshilfe durch Liebe, er hatte es von Karin bekommen.

Und dann sprach Sara auch zu ihrem Sohn, ermutigende Worte, aber auch ermahnende, bezog den Bruder dabei mit ein, dass sie sich nicht unterkriegen lassen würden, und dass sie es gemeinsam schaffen würden, und dass er, David, seinem Bruder helfen müsse, und dieser hatte genickt, und gesagt, er werde mit den anderen sprechen, mit einigen sei er jetzt schon gut befreundet, sie hörten auf ihn, und er werde schon dafür sorgen, dass Daniel nicht mehr ausgeschlossen werde.

x

Als Karin ins Krankenhaus kam, hatte Martin Glück, dass er an einen jungen, verständnisvollen Arzt geriet. Zwar hatten ihre Eltern diesem mitgeteilt, es sei Martin strengstens verboten, Karin in ihrem Zimmer zu besuchen, und er hatte auch den Stationsschwestern strikte Anweisung geben müssen, ihn nicht zu ihr zu lassen. Als Grund hatten sie angegeben, sie fürchteten sonst, der Zustand ihrer Tochter werde sich noch weiter verschlechtern, wenn sie Martin sähe, er habe sie ohnehin schon krank genug gemacht, er habe sie nervlich und seelisch zu sehr belastet, der Umgang mit ihm sei Gift für sie gewesen. Aber der Arzt nahm sich Zeit für ihn, nachdem Martin ihm von sich und Karin erzählt hatte, er erklärte ihm den Verlauf der Krankheit, berichtete ihm von den verbesserten Heilungschancen durch neue Medikamente und sprach von einer möglichen Heilung, für die es gute Chancen gäbe.

Martin kam jeden Tag, er stand manchmal Stunde um Stunde auf der Straße unter ihrem Fenster, der Arzt hatte ihm gesagt, wo sie lag, kamen ihre Eltern, die Tochter im Krankhaus zu besuchen, beachteten sie ihn nicht, auch wenn sie an ihm vorbei gehen mussten, und er machte auch keinen Versuch, sie anzusprechen, es wäre sinnlos gewesen, das wusste er.

Etwa jeden zweiten Tag nahm sich der junge Arzt Zeit für Martin, nahm ihn mit in sein Zimmer.

„Du hast wirklich eine außergewöhnlich nette Freundin", sagte er, „sie lässt dich grüßen, und sie ist wirklich stark, sie kämpft tapfer, das

solltest du wissen. Und ich soll dir sagen, du sollst nicht grübeln, das sei so eine Redewendung zwischen euch, du wüsstest schon Bescheid, bald würdet ihr wieder in irgendeiner Gartenlaube miteinander tanzen."
Martin wandte sich ab und unterdrückte ein Schluchzen, aber der junge Arzt sah, wie seine Schultern zuckten, es wurde ihm schwer, das Verbot der Eltern seiner Patientin zu akzeptieren, er spürte, wie sehr der Junge und das Mädchen aneinanderhingen. –
Es war an einem Sonnabend, vier Wochen, nachdem Karin in das Krankhaus eingeliefert worden war, der junge Arzt empfing Martin am Eingang, er nahm seine Hand, er wusste, dass er nicht viel retten konnte in der Seele dieses übersensiblen, introvertierten Jungen, aber er nahm seine Hand und hielt sie fest. „Wir haben es leider nicht geschafft, deine Freundin, sie ist heute Vormittag gestorben". Er musste sich räuspern, das Sprechen viel ihm schwer. „Ihre Eltern haben gesagt, du könntest zu ihr, wenn du sie jetzt noch einmal sehen willst."
Er griff in die Tasche seines Kittels. „Hier, das habe ich noch für dich, ich sollte sie dir geben. Sie sagte, sie soll dich immer daran erinnern, dass sie dich sehr gern gehabt hat", und er gab Martin die Brosche, die sie damals miteinander

gekauft hatten, den bunten Schmetterling mit den vielen leuchtenden Farben. „Sie musste immer auf dem Schrank neben ihrem Bett liegen, sie hat sich die ganze Zeit nie von ihr getrennt", sagte der junge Arzt.

X

„Weißt du", sagte er und sah mich wieder einmal mit einer solchen Ratlosigkeit und Verlorenheit an, die mich an eigene Verletzungen erinnerten und mich so anrührten, dass ich ihn ihm nicht nur meinen Patienten, sondern auch einen guten Freund sah, „ich denke manchmal, ob es sie überhaupt gegeben hat." - Ich verstand nicht sofort, was er meinte und fragte: „Was meinst du damit?" - Jetzt sah er mich an und in seinen Augen stand eine so abgrundtiefe Traurigkeit, die ich bisher bei keinem Menschen wahrgenommen hatte: „Sie meine ich, Karin."
„Du glaubst, du hast dir alles mit ihr nur eingebildet, sie war dein Wunsch-Traum?", fragte ich.
Er nickte und schwieg. „Vielleicht gibt es einen solchen Menschen gar nicht, vielleicht war alles nur meine Sehnsucht nach Liebe". Er hielt inne und ergänzte dann: „Nach wahrer vollkommener Liebe, ohne die das Leben, ohne die diese ganze Welt sinnlos wäre – völlig nichtig."

14.

Er stand wieder vor dem kleinen Haus mit den grünen Schlagläden auf der Anhöhe über der Stadt, es schien zunächst, als sei alles unverändert, aber beim zweiten Blick sah Martin, dass keine Gardinen mehr vor den Fenstern hingen, die bisherigen Mieter waren ausgezogen, ein Schild war hinter einer Fensterscheibe angebracht: Zu vermieten, und dann war eine Telefonnummer angeben.
Als er Sara und die Kinder geholt hatte, sagte er, auf das Haus zeigend: „Das ist es, was ich euch zeigen wollte", und David und Daniel hatten gleich das Törchen zum Vorgarten geöffnet, Sara hielt sie zurück. Sie sah Martin an, er verlor sich in ihren Augen, sie waren wieder so offen, so wahrhaftig und so verletzbar wie ihr ganzes Wesen, in ihnen war alle Liebe dieser Welt und sie war für ihn da, hier war alles, was er brauchte, hier waren Güte und Verständnis, hier war Hingabe und ganze vertrauensvolle Offenheit, hier waren geduldiges Warten und Hoffen auf die Antwort seiner Liebe.
„Wenn du willst, Sara, werden wir es bewohnen, dieses Haus, " sagte er.
Sie nickte nicht, sie sah ihn nur an, zu allem bin ich bereit, wenn du es willst, wenn es auch für

dich gut ist, ich vertraue deiner Liebe, unserer Liebe grenzenlos, meiner bin ich ja völlig sicher, du hast mich ja ganz und für immer- so sprachen diese Augen zu ihm ohne Worte, nur so, dass sie ihm ihre Seele öffneten und ihn einluden, dasselbe zu tun.

Martin sah von Sara weg auf das kleine Haus mit den grünen Schlagläden, vor dem er früher, so wie jetzt wieder, oft gestanden hatte.

„Wir werden es bewohnen", sagte er.

Er wollte es, in diesem Augenblick wollte er es, und das war genug, es war nicht so wichtig, ob es ihnen gelingen würde, es war jetzt ihr gemeinsamer Wille – das war genug.

x

Aber es gelang ihm nicht. Die Erinnerung an seine erste Liebe war zu stark und stets so lebendig, als habe er alles gerade erst ganz neu erlebt, als dass er noch einmal hätte lieben können, immer wieder schob sich die Vergangenheit, die eben für ihn nicht vergangen, sondern stets gegenwärtig war, mit ungebrochener Kraft gerade dann vor die Gegenwart, wenn er mit Sara zusammen war und sie lieben wollte.

Ob ich eigentlich das Hohelied der Liebe kenne, gestern habe er darin gelesen und Karin habe zu ihm mit dessen Worten gesprochen:
Lege mich wie ein Siegel auf dein Herz, wie ein Siegel auf deinen Arm. Denn Liebe ist stark wie der Tod und Leidenschaft unwiderstehlich wie das Totenreich. Ihre Glut ist feurig und eine Flamme des Herrn, so dass auch viele Wasser die Liebe nicht auslöschen und Ströme sie nicht ertränken können. Wenn einer alles Gut in seinem Hause um die Liebe geben wollte, so könnte das alles nicht genügen.

Einmal analysierte er sein Problem in einer unserer Therapiesitzungen mit der Technik der Digitalsierung; auch wenn alles, was er dabei sagte, sehr rational klang, standen ihm dabei doch Tränen der Verzweiflung in den Augen.
„Wir leben ja im digitalen Zeitalter" sagte er. „Wir vernetzen uns Menschen miteinander mittels Computer und Digitaltechnik. Zwar entsteht auch in der Digitalisierung beim Empfang des analogen Signals ein Qualitätsverlust.
Das ist für mich ein Gleichnis dafür, dass ich auch nicht alles, was Karin in ihrem Wesen ausstrahlte, wahrgenommen habe. So wie ja auch beim Abtasten des analogen Signals und der

Ermittlung des Signalwertes nur endliche Werte mit einer vorgegebenen Auflösung erzeugt werden. Und auch ich habe nicht alles aufnehmen können, was sie ausstrahlte. Die Vorgabe dafür war eben mein eigenes Wesen.

Aber um weiter im Vergleich zu sprechen: Wie es gilt, dass je feiner und höher die Auflösung ist, desto exakter das digitale Format die ursprüngliche analoge Information abbildet, so gilt auch für mich:

Ich hatte eben genau die Empfangsbereitschaft, die Karins Signale fast vollständig empfangen konnte.

Und weil ich Karin eben gleichsam digital mit höchster Auflösung empfangen und in meiner Seele gespeichert habe, nutzt sich bei mir die Erinnerung an sie auch nicht ab, sie will einfach nicht verblassen.

So wie sich die Digitaltechnik einsetzen lässt, um analoge Originale durch die Erneuerung digitaler Abbildungen zu schonen.

Analoge Inhalte können ja schon durch mehrfache Wiedergabe an Qualität verlieren, bei der digitalen Abbildung ist das nicht der Fall.

Blättert man zu oft in Büchern oder spielt man Schallplatten zu oft ab, verschleißen sie.

Aber bei mir verschleißt die Erinnerung an Karin nie, weil sie eben in meiner Seele digital mit feinster und höchster Auflösung abgebildet ist.

Dann kam der Theologe in Martin Weiss wieder zum Vorschein: Die Digitalisierung sei im Grunde die Sehnsucht des Menschen nach Reinheit und Ewigkeit. Diese Sehnsucht habe sich zwar im Technischen niedergeschlagen, aber im Grunde sei sie ein religiöses Phänomen, sie könne erst in Gott selbst und im Himmel ihre absolute Erfüllung finden, denn auch das am höchsten auflösende, digitale Medium sei doch nicht vollkommen und halte auch nicht ewig. Da aber die vollkommene Liebe niemals aufhöre, sei sie schon ein Stück des Himmels, diese Liebe habe Karin und ihn verbunden, nein, korrigierte er sich, sie verbinde sie immer noch, denn sie stünde über allem, sei mächtiger als alles andere, selbst noch mächtiger als der Tod. Aber nicht der leibliche Tod sei das größte Hindernis, das sie überwinde, nein, weil sie nicht das Ihre suche, sei sie ewig, so wie Karin trotz aller Schwierigkeiten und Widerstände, die sie krank gemacht hätten, zu ihm und ihrer Liebe gestanden habe, sie habe sich als das vollkommene Band erwiesen, Größeres werde er nie erleben.

In seiner letzten Therapiesitzung fragte mich Martin Weiss, ob ich die Stimmung im Frühsommer kenne, wenn es frühmorgens so scheine, als kündige sich schon der Herbst an.
Dabei sah er aus dem Fenster hinaus in die Bäume, die in meinem Garten standen.
Ob ich die „Lieder ohne Worte" kenne, von Mendelssohn-Bartholdy.
Als ich nickte, sagte er: Die schönsten und reinsten Lieder brauchen keine Worte.
Es ist mit ihnen wie mit der Liebe. Die wahre, vollkommene Liebe braucht diese Welt nicht mehr.
Ob ich von der Engelsspeise gelesen hätte, wollte er wissen.
Diese habe er durch Karin bekommen, das habe er jetzt auch durch meine Hilfe erkannt, so wie seinerzeit das Volk Gottes das Himmelsbrot in der Wüste.
Karin und ihre Liebe seien ihm aus dem Himmel geschenkt worden, jetzt sei sie dorthin zurückgekehrt und warte mit ihm darauf, dass sie sich dort einmal wiedersähen. In ihrer reinen Liebe habe sie sich für Gott und ihn hingegeben wie das Volk Israel seinerzeit ein Opfer von

feinstem Mehl dargebracht habe, ein Teil musste sich für Gott in Rauch auflösen, der andere Teil diente den Priestern zu Speise.
Es habe keinen reineren Menschen als Karin gegeben, in ihrer aufopferungsvollen Liebe zu ihm habe sie sich zugleich Gott hingegeben.
Wir sprachen wenig an diesem Tag. Erst beim Abschied fragte ich ihn nach Sarah, aber er zuckte nur mit den Achseln und schwieg. Irgendwie hatte ich das Gefühl, dass dieser Abschied anders war als die früheren. Es war das letzte Mal, dass ich ihn sah. Er starb am nächsten Tag bei einem Verkehrsunfall. Die Zeitungen vermuteten einen Selbstmord. Er war hatte eine dicht befahrene Straße überquert und war von einem Lastwagen erfasst worden.
Ich vermutete dagegen, dass er so sehr in sich selbst versunken gewesen war, dass er seine Umwelt nicht mehr hatte wahrnehmen können. Sein Tod passte zu seinem irdischen Leben, das ja im Grunde damals bereits aufgehört hatte, als Karin verstorben war, es war unwesentlich geworden, seit man sie – wie er sich einmal ausgedrückt hatte – „seelisch ermordet" hatte, geblieben aber war ihre ewige Liebe zueinander, denn – so zitierte er einmal die Heilige Schrift: „Die Liebe hört niemals". Und als ich selber diese Stelle nachschlug, stellte ich fest, dass er

eigentlich alles gehabt hatte, was ein Mensch in Wahrheit braucht, ja, was sein Menschsein ausmacht, denn – so hieß es dort – hätte ein Mensch der Liebe nicht, so wäre er nichts; die Liebe aber, die hatte Martin Weiss bekommen, ja, dafür hatte er mich zum Zeugen gemacht.